CME

Workbook 練習冊

3rd Edition

繁體版

CHINESE Made Easy

輕鬆學漢語

Yamin Ma
Xinying Li

Joint Publishing (H.K.) Co., Ltd.
三聯書店（香港）有限公司

Chinese Made Easy **(Workbook 1)** *(Traditional Character Version)*

Yamin Ma, Xinying Li

Editor Zhao Jiang, Shang Xiaomeng
Art design Arthur Y. Wang, Yamin Ma
Cover design Arthur Y. Wang, Zhong Wenjun
Graphic design Arthur Y. Wang, Zhong Wenjun
Typeset Zhou Min

Published by
JOINT PUBLISHING (H.K.) CO., LTD.
20/F., North Point Industrial Building,
499 King's Road, North Point, Hong Kong

Distributed by
SUP PUBLISHING LOGISTICS (H.K.) LTD.
16/F., 220-248 Texaco Road, Tsuen Wan, N.T., Hong Kong

First published July 2001
Second edition, first impression, August 2006
Third edition, first impression, May 2015
Third edition, sixth impression, March 2024

E-mail: publish@jointpublishing.com

輕鬆學漢語 **（練習冊一）** *（繁體版）*

編　著　馬亞敏　李欣穎

責任編輯　趙　江　尚小萌
美術策劃　王　宇　馬亞敏
封面設計　王　宇　鍾文君
版式設計　王　宇　鍾文君
排　版　周　敏
出　版　三聯書店（香港）有限公司
香港北角英皇道 499 號北角工業大廈 20 樓
發　行　香港聯合書刊物流有限公司
香港新界荃灣德士古道 220-248 號 16 樓
印　刷　中華商務彩色印刷有限公司
香港新界大埔汀麗路 36 號 14 字樓
版　次　2001 年 7 月香港第一版第一次印刷
2006 年 8 月香港第二版第一次印刷
2015 年 5 月香港第三版第一次印刷
2024 年 3 月香港第三版第六次印刷
規　格　大 16 開（210 × 280mm）184 面
國際書號　ISBN 978-962-04-3705-2

目録

第一單元

第一課　十個十是一百 1

第二課　今天八號 9

第三課　現在八點 19

複習 29

測驗 31

第二單元

第四課　我叫王月 33

第五課　我家有七口人 43

第六課　他長什麼樣 53

複習 63

測驗 65

第三單元

第七課　我是中國人 67

第八課　我會説漢語 77

第九課　我爸爸是醫生 87

複習 97

測驗 99

第四單元

第十課　我坐校車上學 103
第十一課 我家住在大理路 113
第十二課 請進 123
複習 133
測驗 135

第五單元

第十三課　我六點半起牀 139
第十四課　我穿校服上學 149
第十五課　我的課外活動 159
複習 169
測驗 171

詞彙表 175

第一課　十個十是一百

課文 1

1 抄生詞

yī one	一									
èr two	二									
sān three	三									
sì four	四									
wǔ five	五									
liù six	六									
qī seven	七									
bā eight	八									
jiǔ nine	九									
shí ten	十									
bǎi hundred	百									
qiān thousand	千									
wàn ten thousand	萬									
shì be	是									
gè a measure word	個									

2 按規律寫數字

1) 一、三、五、 七 、 九 、 十一 、 十三 、 十五

2) 二、四、六、______、______、______、______、______

3) 三、六、九、______、______、______、______

4) 一、五、九、______、______、______、______

3 用中文寫數字

1) 26 二十六　　2) 43______　　3) 59______

4) 18______　　5) 74______　　6) 33______

7) 98______　　8) 60______　　9) 72______

10) 45______　　11) 21______　　12) 82______

4 標筆順

① jiǔ

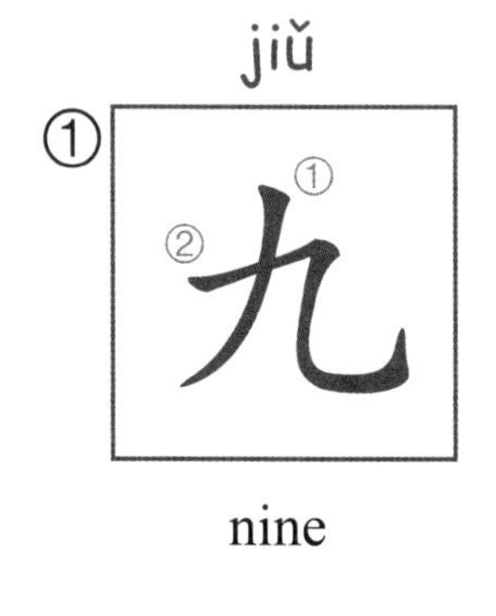

nine

② bǎi

百

hundred

③ qiān

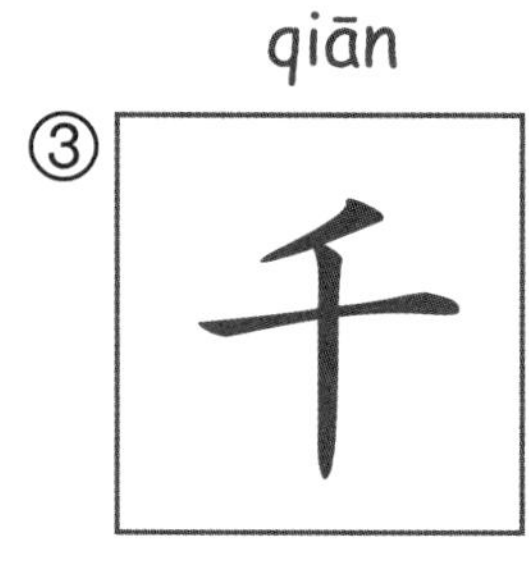

thousand

④ wàn

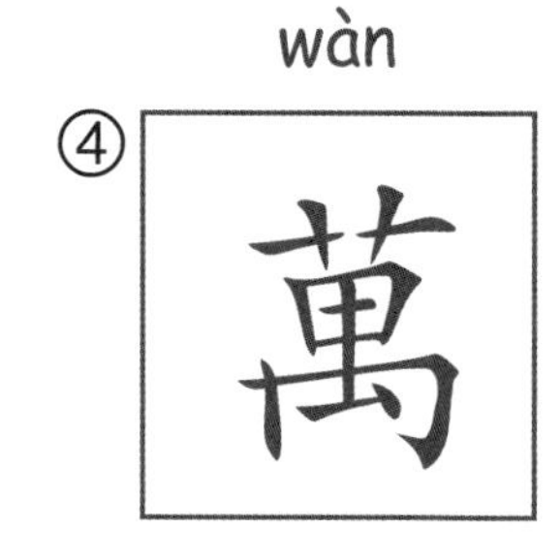

ten thousand

⑤ wǔ

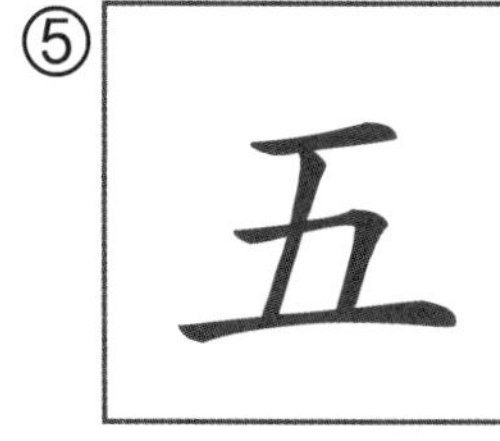

five

⑥ gè

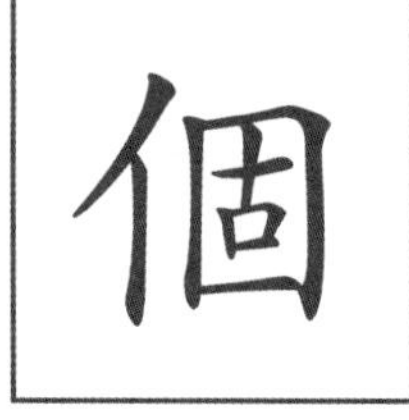

a measure word

⑦ shì

是

be

⑧ sì

four

5 寫筆畫

① 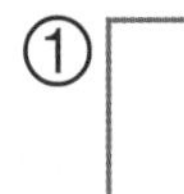 diǎn

②  héng

③  shù

④ 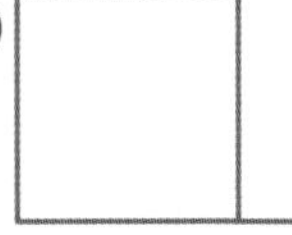 piě

⑤  nà

⑥ 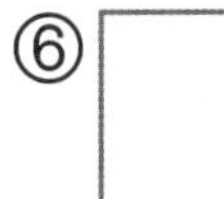 tí

6 用中文寫數字

1) 100 ______________________

2) 214 ______________________

3) 365 ______________________

4) 4,586 ______________________

5) 2,798 ______________________

6) 8,571 ______________________

7) 9,734 ______________________

8) 17,965 ______________________

7 數一數，用中文寫數字

① 
五

② 

③ 

④ 

⑤ 

⑥ 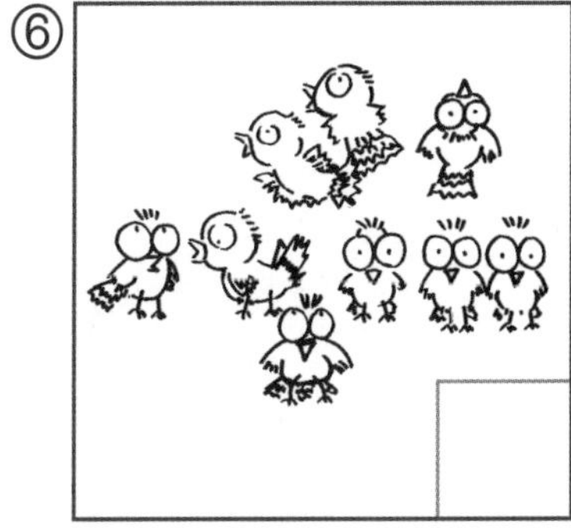

8 標筆順

① 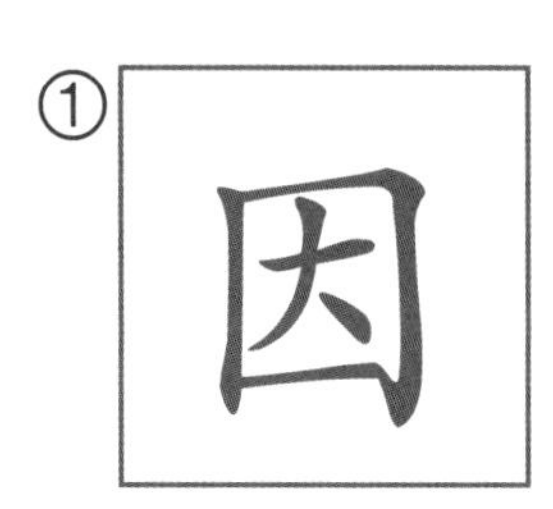

② 井

③ 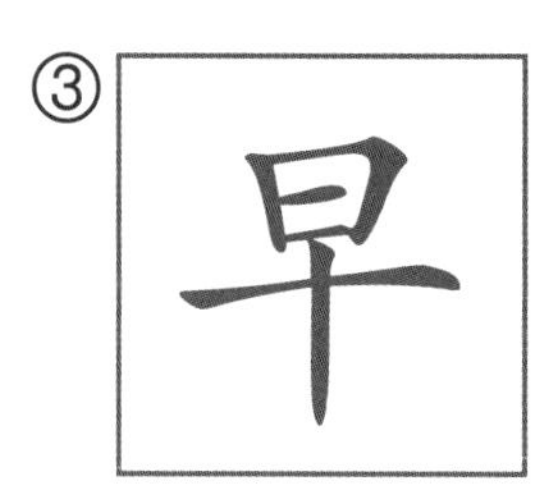

④ 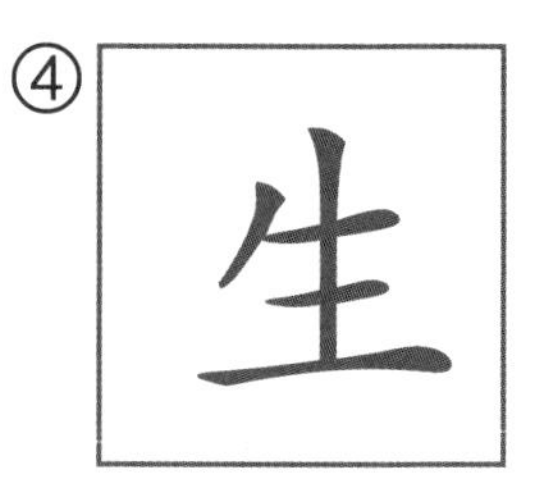

⑤ 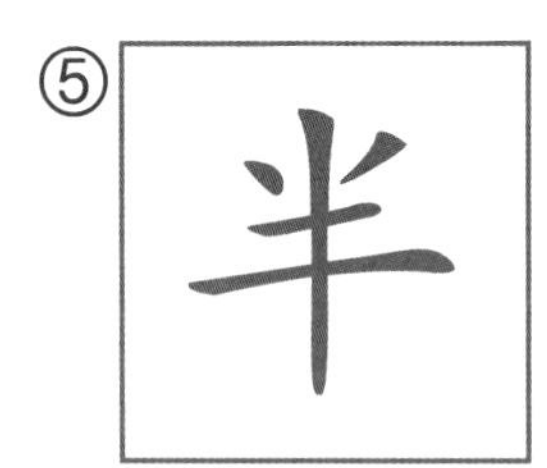

⑥ 月

⑦ 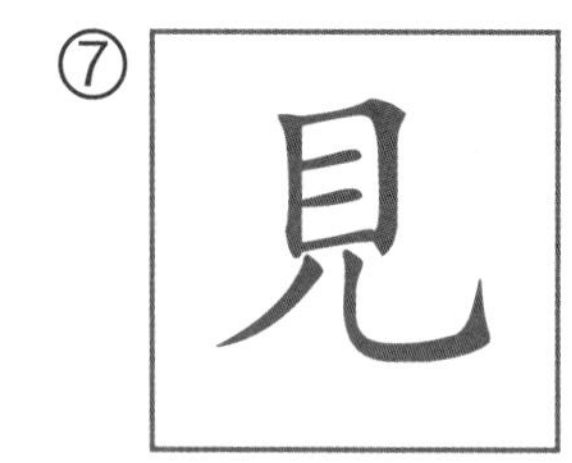

⑧ 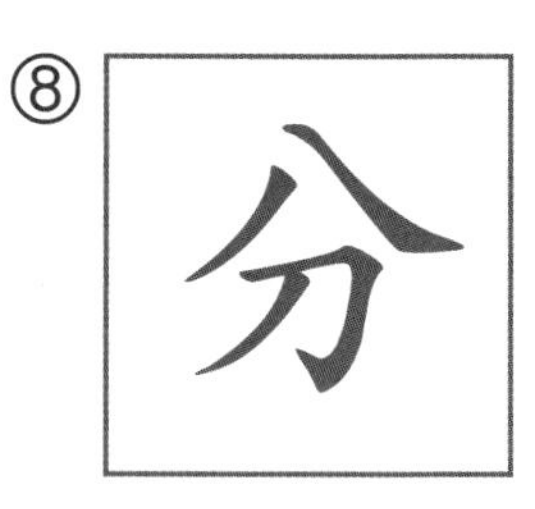

9 用中文寫數字

1) Number of days in this month: ______________________________

2) Number of weeks in this month: ______________________________

3) Number of minutes in an hour: ______________________________

4) Number of hours in a day: ______________________________

5) Number of centimetres in 63 metres: ______________________________

6) Number of metres in 2.5 kilometres: ______________________________

10 寫漢字

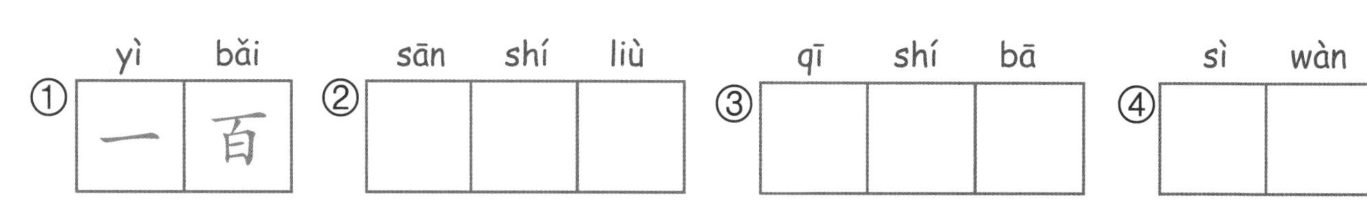

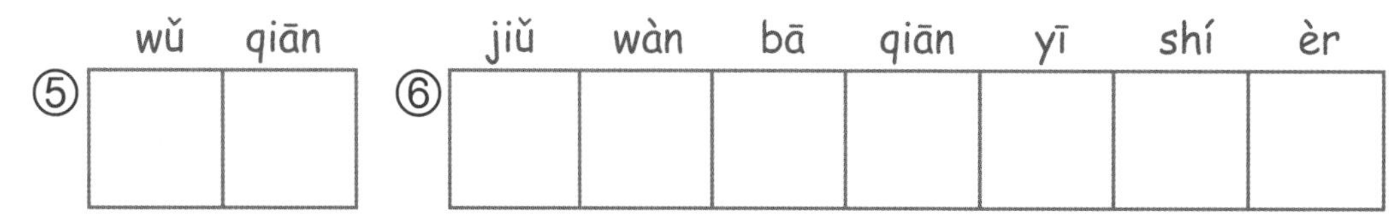

11 用中文寫數字

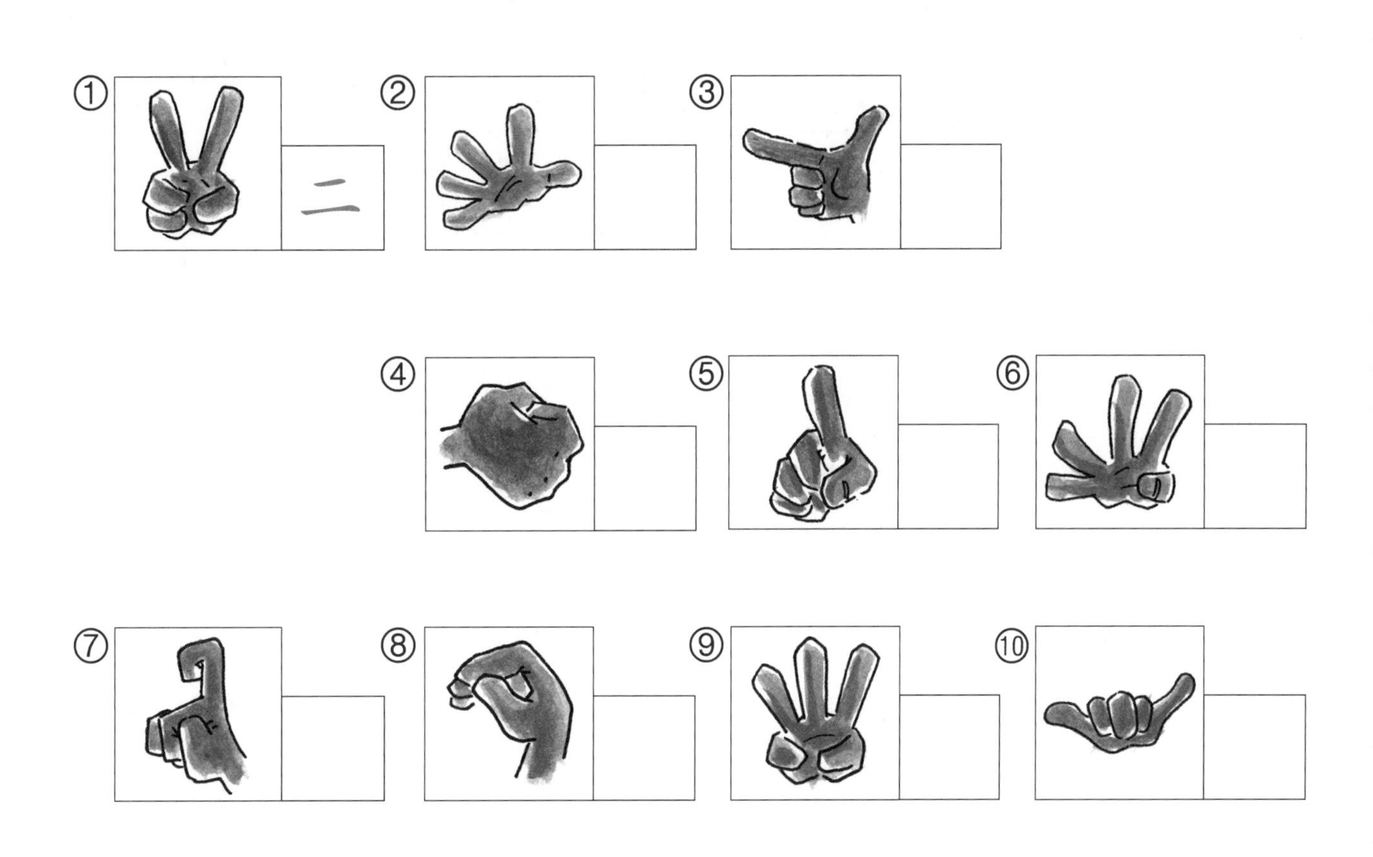

12 用中文寫電話號碼

①

2568 7149
二五六八七一四九

②

9543 8211

③

2847 4365

④

6543 5561

課文 2

13 抄生詞

nǐ you	你									
wǒ I; me	我									
de 's; of	的									
péngyou friend	朋	友								
hǎo good	好									

14 標聲調

1) nǐ / 3rd tone
2) shi / 4th tone
3) yi / 2nd tone
4) wu / 3rd tone
5) er / 4th tone
6) qi / 1st tone
7) shi / 2nd tone
8) yi / 1st tone

15 畫漢字的結構

2) 朋 →
3) 的 →
4) 什 →
5) 朵 →
6) 游 →
7) 名 →
8) 起 →
9) 想 →
10) 國 →
11) 等 →
12) 連 →

16 寫筆畫

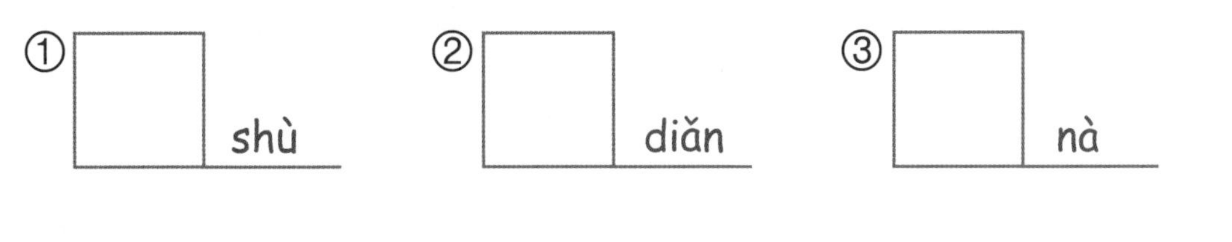

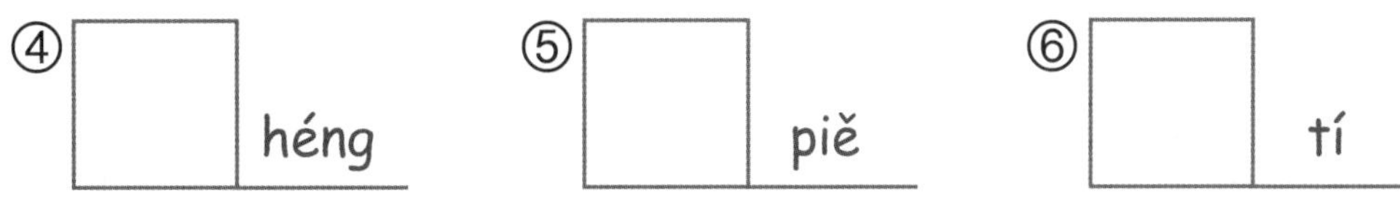

17 填空

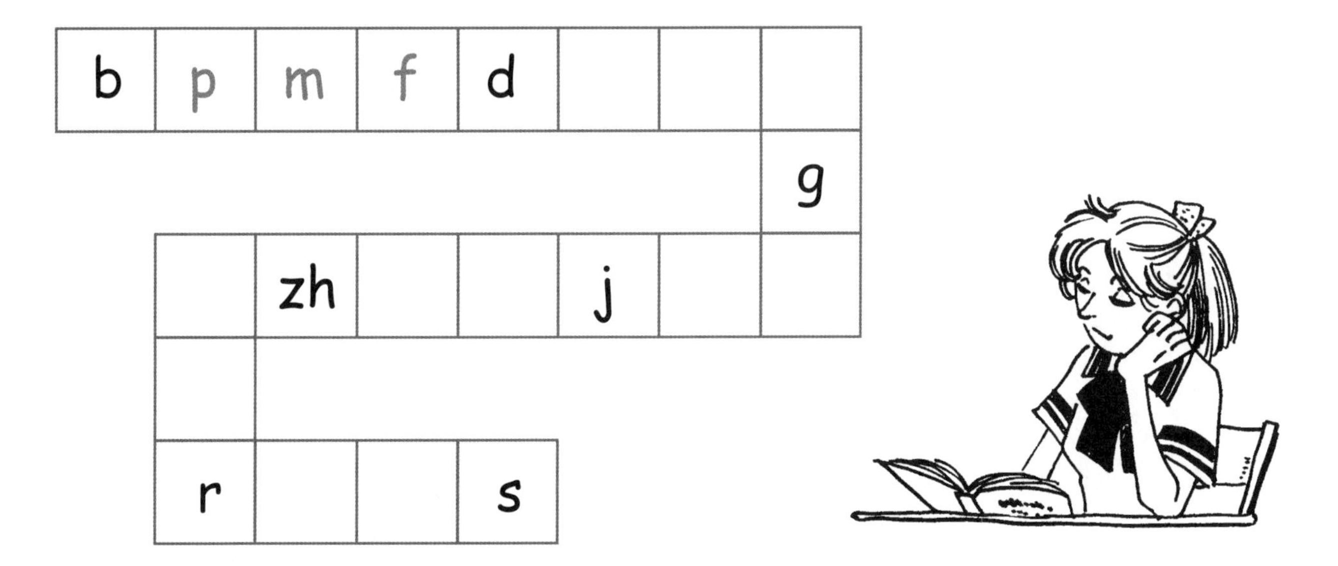

18 寫拼音及意思

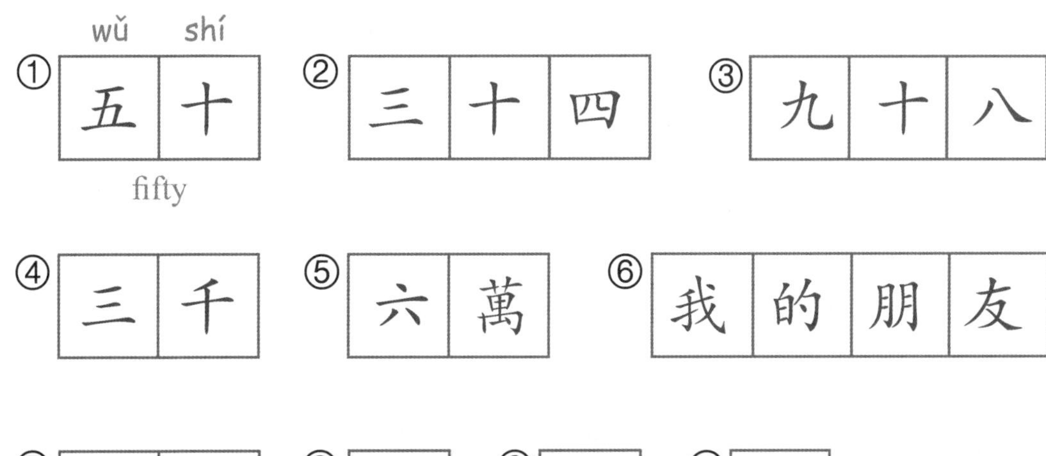

19 描筆畫

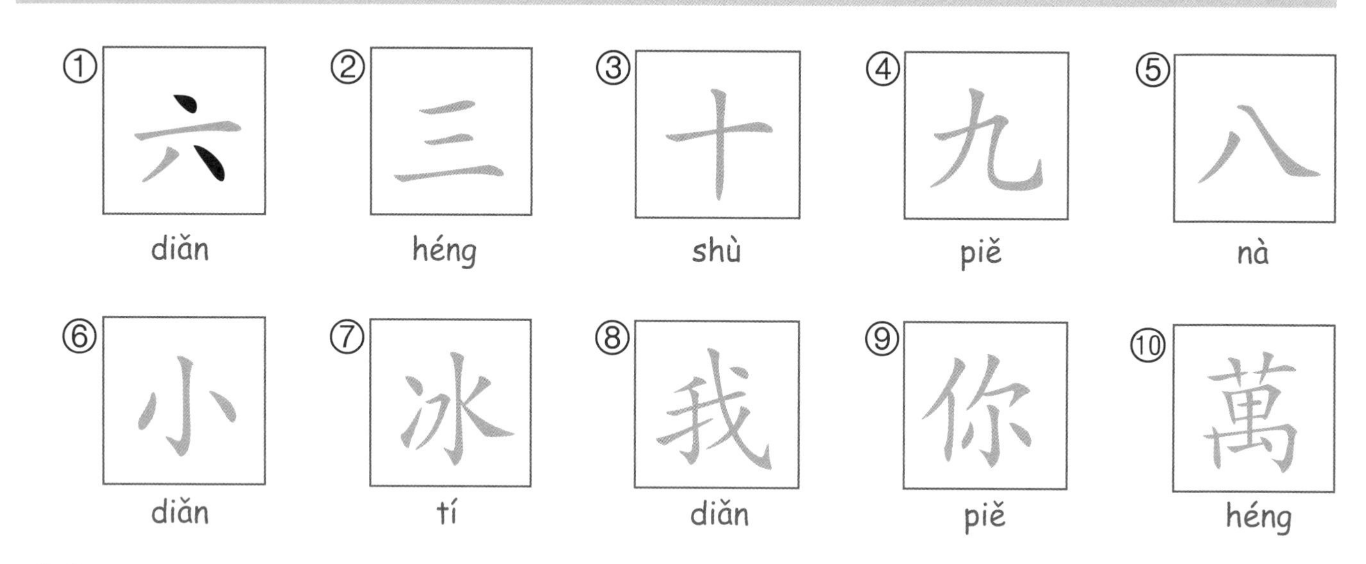

20 用中文寫數字

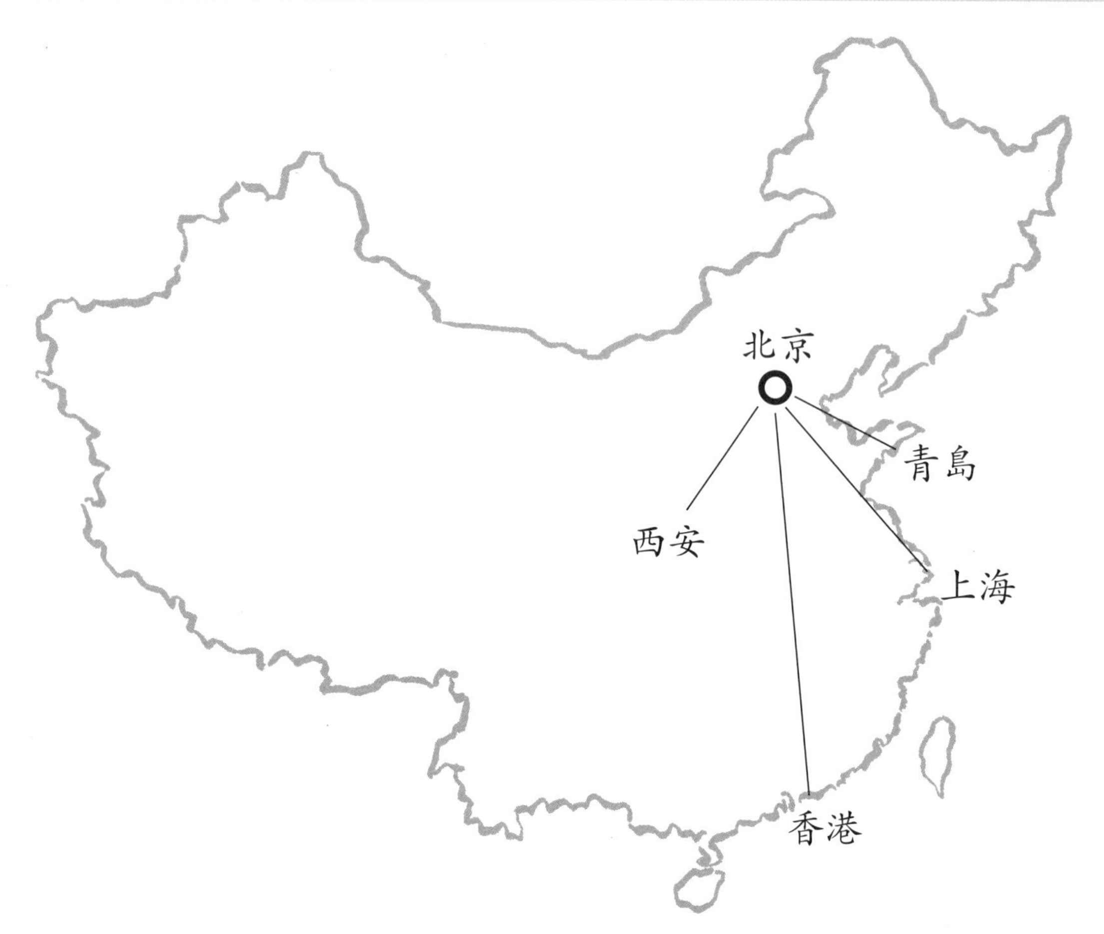

By plane the distance between Beijing and

1) 青島(qīng dǎo)：646 ______________ 公里(gōng lǐ) km

2) 香港(xiāng gǎng)：2,160 ______________ 公里(gōng lǐ)

3) 上海(shàng hǎi)：1,178 ______________ 公里(gōng lǐ)

4) 西安(xī ān)：1,134 ______________ 公里(gōng lǐ)

第二課　今天八號

課文 1

1 抄生詞

shēngrì birthday	生	日								
bā rì the 8th day of a month	八	日								
bā hào the 8th day of a month	八	號								
jiǔyuè September	九	月								
jǐ how many	幾									
xīngqīrì Sunday	星	期	日							
xīngqītiān Sunday	星	期	天							
jīntiān today	今	天								
zuótiān yesterday	昨	天								
míngtiān tomorrow	明	天								

2 寫筆畫

① 一 héng　② ___ shù　③ ___ nà

④ ___ diǎn　⑤ ___ tí　⑥ ___ piě

3 填空

A

B

4 用中文寫日期

1) 3rd August: 八月三號
2) 20th September: ______
3) 31st October: ______
4) 5th June: ______
5) 12th July: ______
6) 14th February: ______
7) 25th December: ______
8) 16th January: ______

5 數筆畫

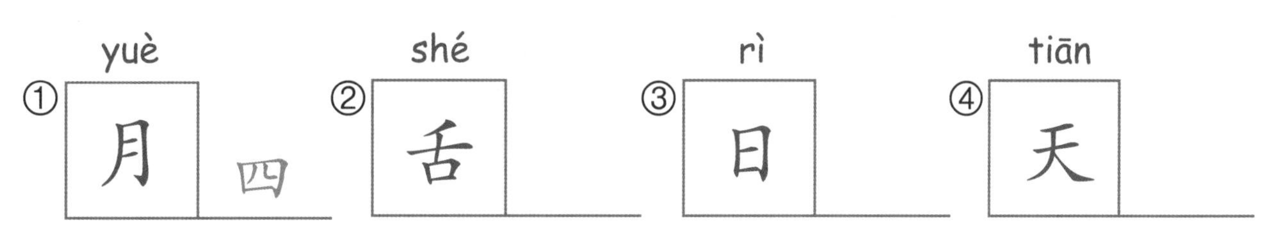

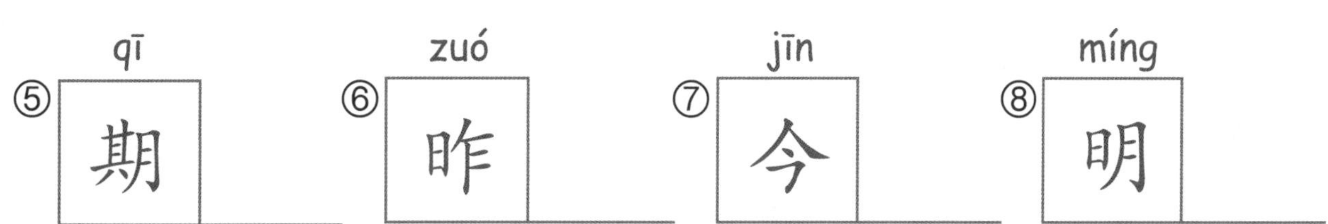

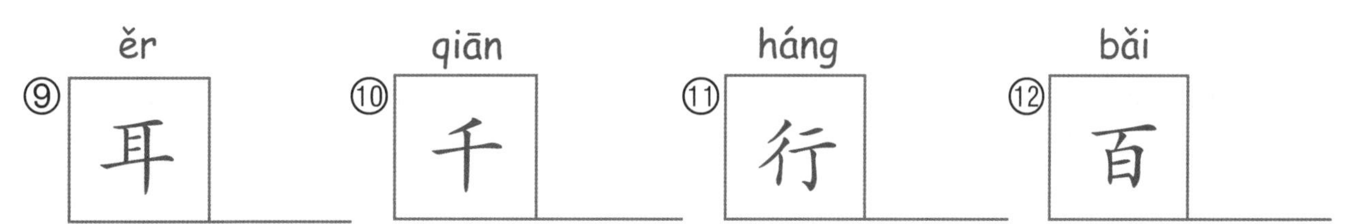

6 畫漢字的結構

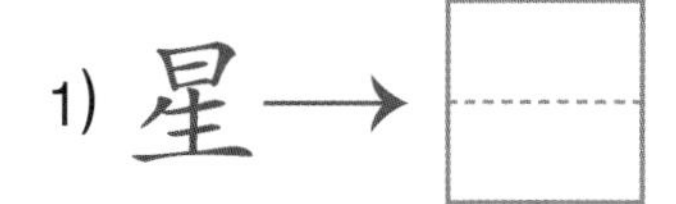

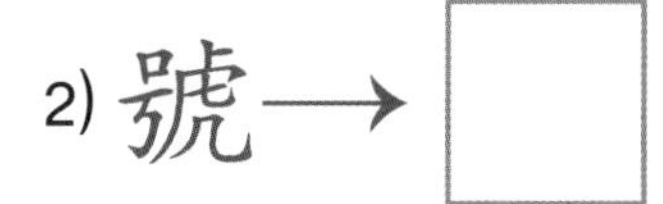

4) 昨→

5) 明→

6) 是→

7) 你→

8) 友→

9) 朋→

7 用中文寫日期

① 18th January Saturday

一月十八日 星期六

② 21st March Friday

③ 17th August Sunday

④ 20th May Tuesday

⑤ 16th November Wednesday

⑥ 25th December Thursday

8 用中文寫日期

① New Year's Day:

② Christmas Day:

③ Months that have 30 days:

④ The month and date of today:

⑤ The day after Saturday:

⑥ Your birthday:

9 標筆順

10 填日期並回答問題

二〇一四年						九月
星期一	星期二	星期三	星期四	星期五	星期六	星期日
1	2	3				
8	(今天)		11		13	
	16			19		
22			25			
	30					

1) 今天幾月幾號？

今天九月九號。

2) 昨天幾月幾號？

3) 今天星期幾？

4) 十月一日星期幾？

11 抄筆畫

héng zhé	㇕									
shù gōu	㇚									
xié gōu	㇂									
wò gōu	㇃									
wān gōu	㇁									
piě zhé	㇜									
piě diǎn	㇛									
shù wān	㇄									
shù tí	㇙									
shù wān gōu	㇟									
héng zhé wān gōu	㇈									
héng zhé gōu	㇆									

12 寫拼音及意思

課文 2

13 抄生詞

nián year	年									
chūshēng be born	出	生								
xièxie thanks	謝	謝								
zhù wish	祝									
kuàilè happy	快	樂								

14 標聲調

1) shēng — 1st tone
2) yue — 4th tone
3) tian — 1st tone
4) bai — 3rd tone
5) hao — 4th tone
6) nian — 2nd tone
7) liang — 3rd tone
8) jiu — 3rd tone
9) zuo — 2nd tone
10) liu — 4th tone

15 回答問題

1) 今天幾月幾號？

______

2) 昨天星期幾？

______

3) 明天幾號？

______

十一月				
星期一	星期二	星期三	星期四	星期五
3	（今天）	5	6	7
10	11	12	13	14
17				

4) 明天星期幾？

______

5) 十一月七號星期幾？

______

16 用中文寫日期

1) The year you were born: ______________________

2) This year: ______________________

3) The year you started grade 1: ______________________

4) The year you finished grade 6: ______________________

17 寫出朋友的姓名及生日

xìng míng 姓 名 name	生 日
1) 萬朋朋	十二月三日
2)	
3)	
4)	
5)	
6)	

18 畫漢字的結構

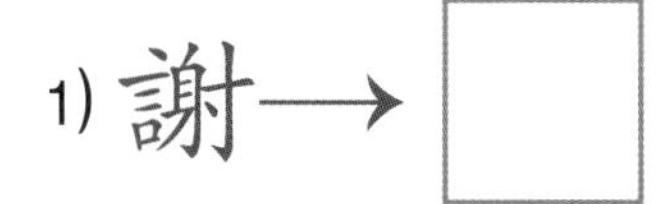

1) 謝→ □

2) 祝→ □

3) 快→ □

4) 朋→ □

5) 星→ □

6) 期→ □

19 用中文寫日期

1) The date of this year's Chinese New Year: ______________________

2) China's National Day: ______________________

3) Your Chinese teacher's birthday: ______________________

4) Your father's birthday: ______________________

5) The year your mother was born: ______________________

20 數筆畫

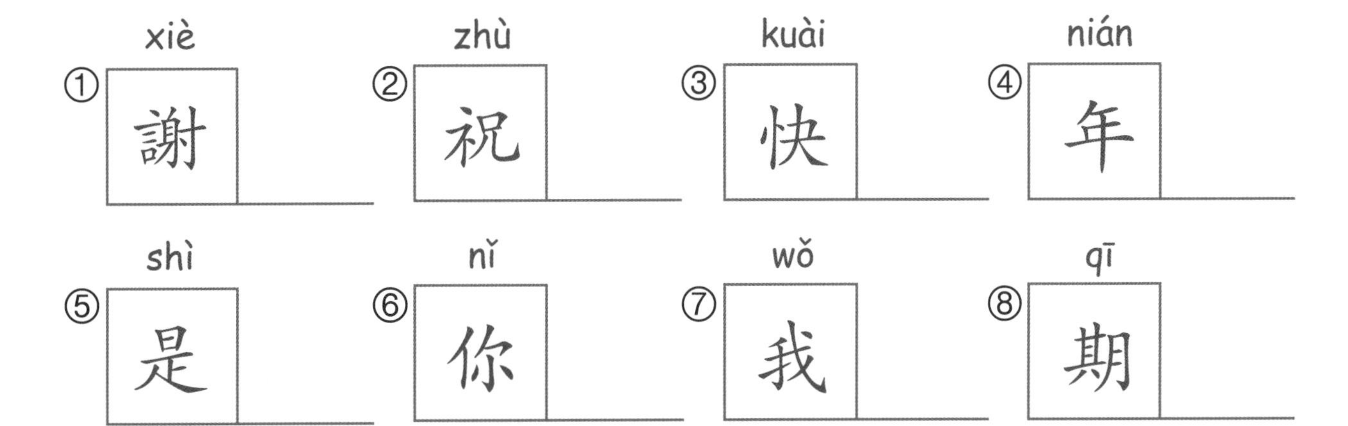

21 寫拼音

1) 十個十是一百。(shí ge)

2) 十個一千是一萬。

3) 今天十月二十六日。

4) 昨天星期天。

5) 今天是我的生日。

6) 十個一百是一千。

7) 你是我的好朋友。

8) 今天星期幾？

9) 我二〇〇一年出生。

10) 祝你生日快樂！

22 寫筆畫

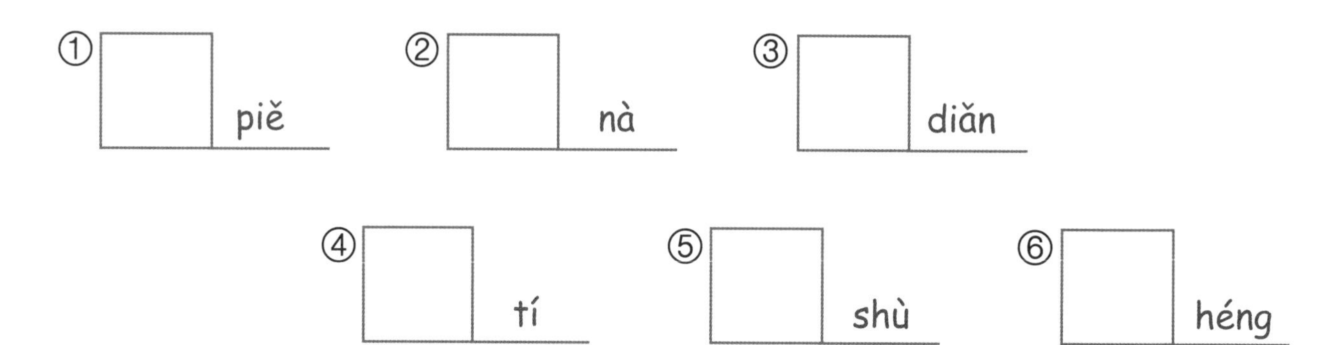

23 用中文寫數字

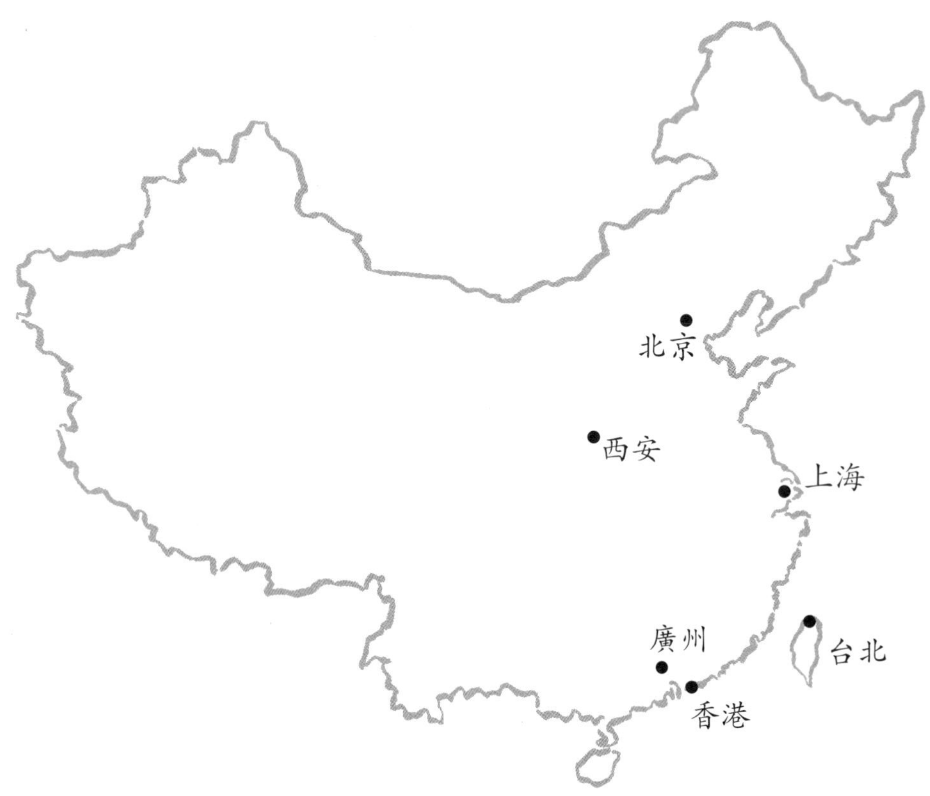

The population of

1) 北京 (běi jīng)：23,000,000 兩千三百萬

2) 上海 (shàng hǎi)：23,800,000 ______

3) 台北 (tái běi)：2,620,000 ______

4) 香港 (xiāng gǎng)：7,130,000 ______

5) 廣州 (guǎng zhōu)：12,750,000 ______

6) 西安 (xī ān)：8,520,000 ______

第三課　現在八點

課文 1

1 抄生詞

diǎn o'clock	點									
fēn minute	分									
líng zero	零									
kè quarter (of an hour)	刻									
liǎng two	兩									
bàn half	半									
chà fall short of	差									
xiànzài now	現	在								
le a particle	了									

2 畫漢字的結構

1) 刻 →

2) 差 →

3) 現 →

4) 零 →

5) 分 →

6) 點 →

3 在鐘上標出時間

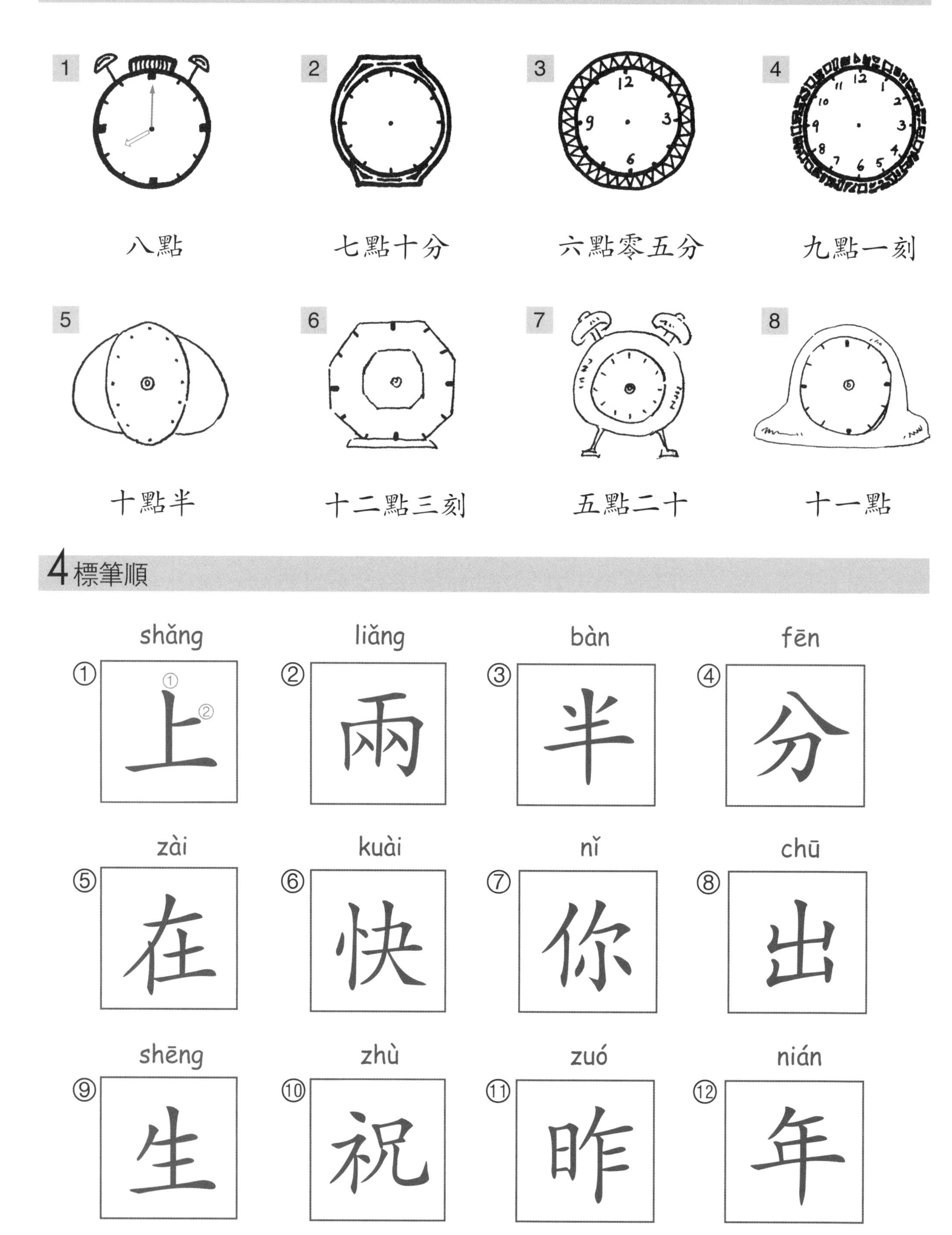
1
2
3
4
八點
七點十分
六點零五分
九點一刻
5
6
7
8
十點半
十二點三刻
五點二十
十一點
4 標筆順
shǎng
liǎng
bàn
fēn
① 上
② 兩
③ 半
④ 分
zài
kuài
nǐ
chū
⑤ 在
⑥ 快
⑦ 你
⑧ 出
shēng
zhù
zuó
nián
⑨ 生
⑩ 祝
⑪ 昨
⑫ 年

5 標聲調

1) diǎn / 3rd tone	2) chao / 2nd tone	3) xuan / 1st tone	4) huai / 4th tone	5) tian / 1st tone
6) que / 2nd tone	7) duo / 1st tone	8) miao / 4th tone	9) tie / 3rd tone	10) zuo / 2nd tone

6 寫時間

1
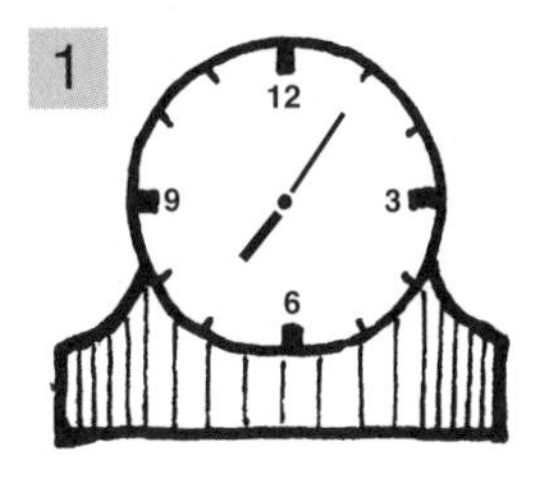

2
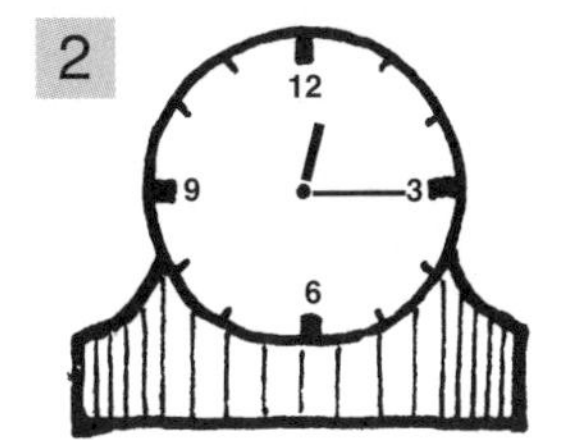

3
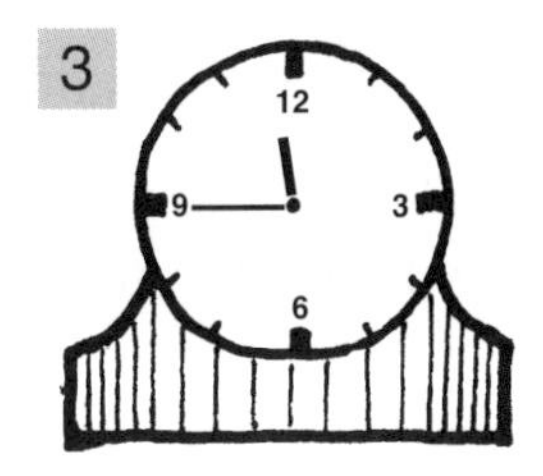

現在七點零五分。

4
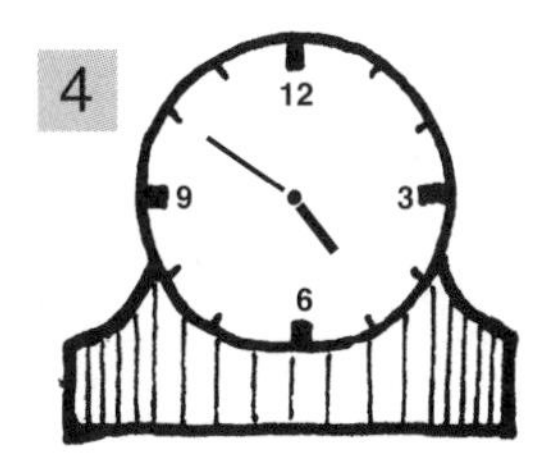

5
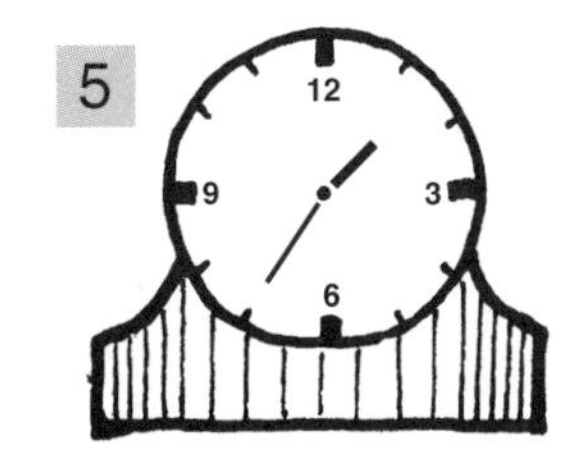

6
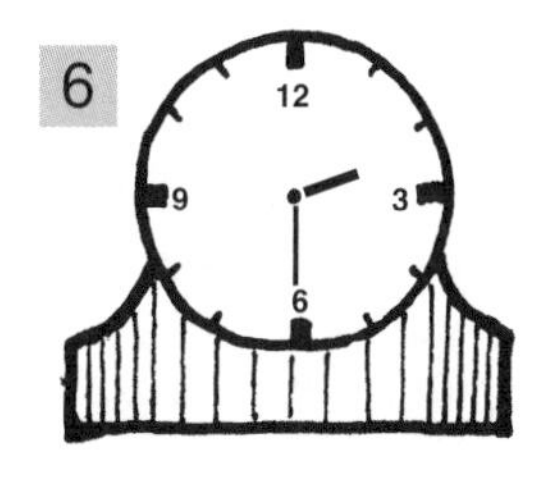

7

8
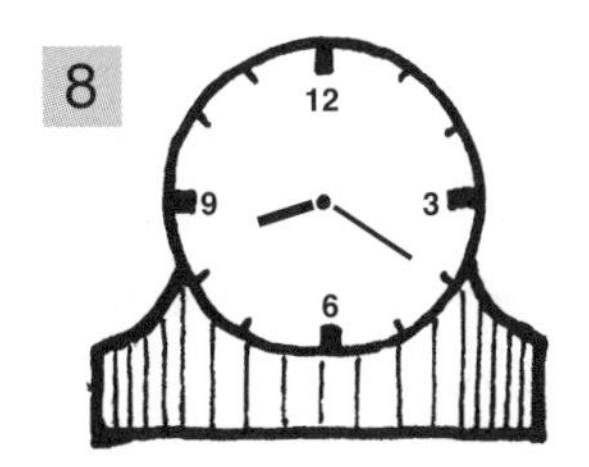

9
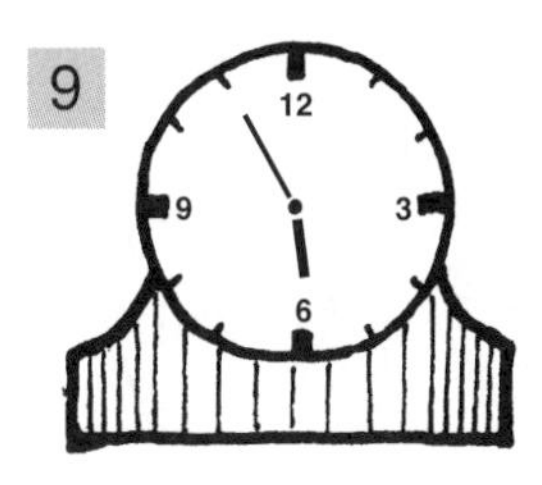

10
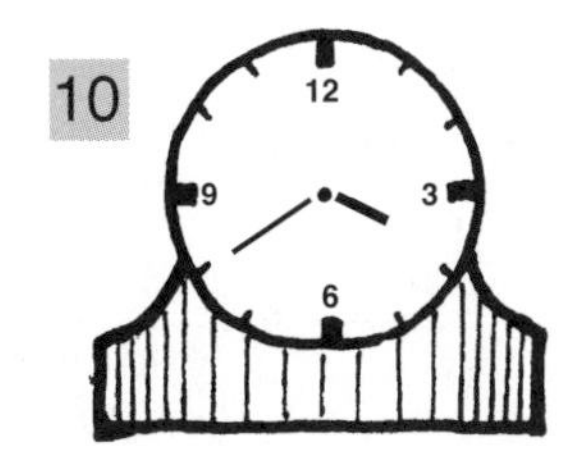

11
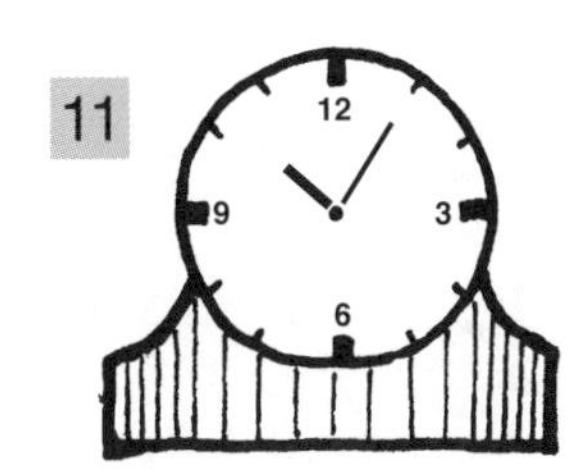

12
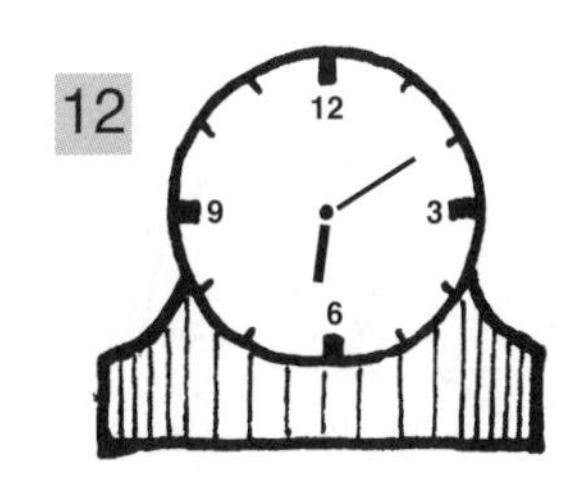

7 用中文寫時間

1) The time now: ____________________

2) The time you get up every morning: ____________________

3) The time you have lunch every day: ____________________

4) The time you finish school every day: ____________________

5) The time you eat dinner every day: ____________________

6) The time you go to sleep every night: ____________________

8 寫出半個小時以後的時間

1
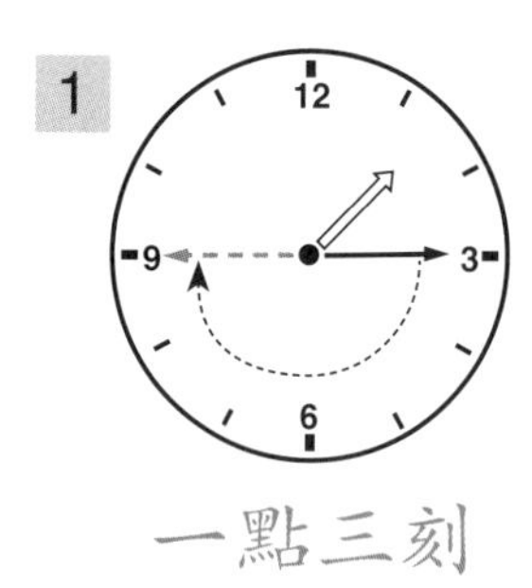

2
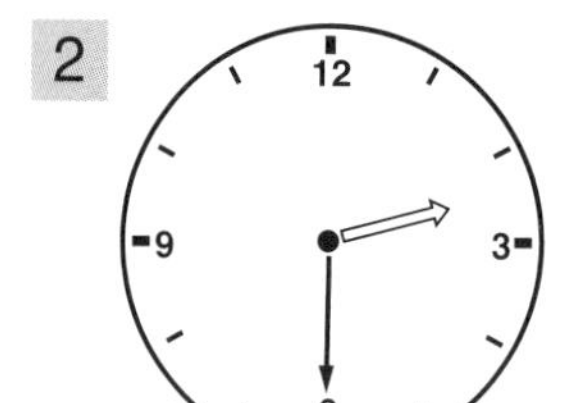

3
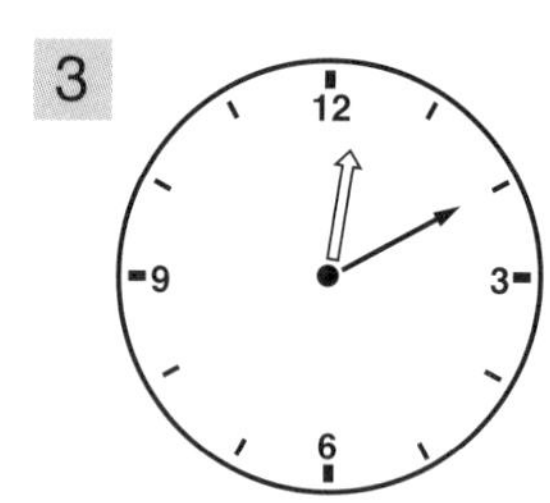

4
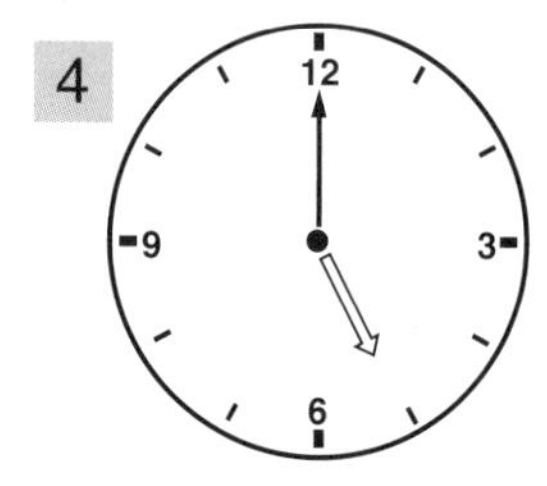

5
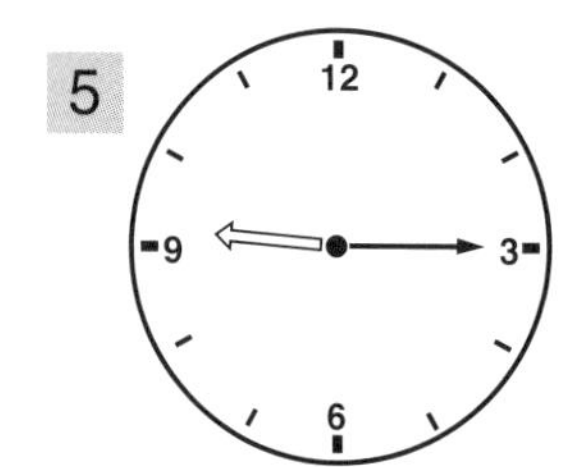

6
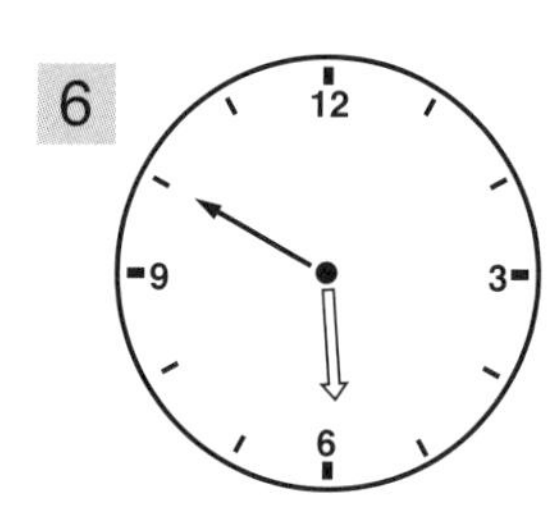

7
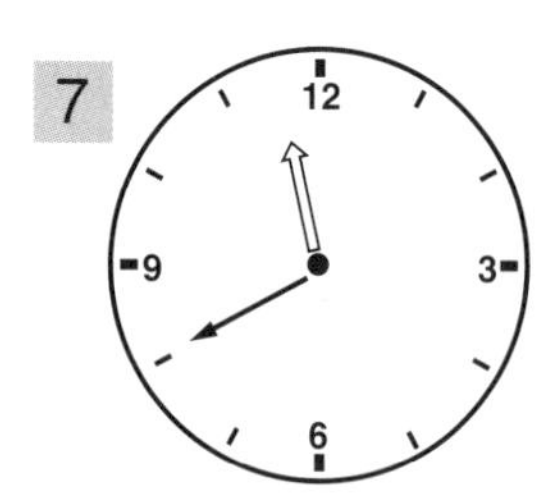

8
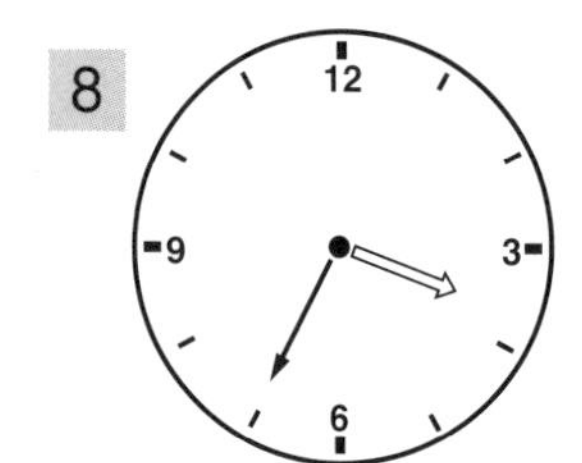

9
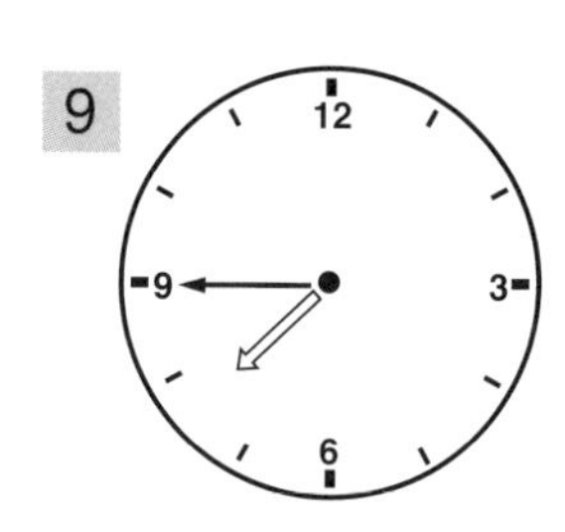

9 回答問題

1) 今天幾月幾號？

2) 今天星期幾？

3) 明天幾月幾號？

4) 明天星期幾？

5) 現在幾點？

6) 你的生日是幾月幾號？

10 用中文寫數字

① 148 一百四十八

② 39,020

③ 87,671

④ 17,856

⑤ 208

⑥ 97,800

11 寫時間

① 06 : 10

② 08 : 20

③ 11 : 45

④ 13 : 05

⑤ 15 : 40

⑥ 16 : 30

⑦ 20 : 15

⑧ 22 : 05

⑨ 23 : 00

12 抄筆畫

héng gōu	㇖									
héng zhé wān	㇍									
héng zhé zhé zhé gōu	㇡									
héng piě	㇇									
shù zhé	㇗									
shù zhé zhé gōu	㇉									

13 標聲調並寫出意思

1 kuài lè
快樂
happy

2 liang dian
兩點

3 xian zai
現在

4 zuo tian
昨天

5 peng you
朋友

6 sheng ri
生日

7 jiu bai
九百

8 liu qian
六千

9 chu sheng
出生

10 xie xie
謝謝

11 ming tian
明天

12 yi wan
一萬

課文 2

14 抄生詞

wǒmen we; us	我	們										
jiàn meet with	見											
zǎoshang early morning	早	上										
wǎnshang evening; night	晚	上										
shàngwǔ morning	上	午										
zhōngwǔ noon	中	午										
xiàwǔ afternoon	下	午										

15 寫時間

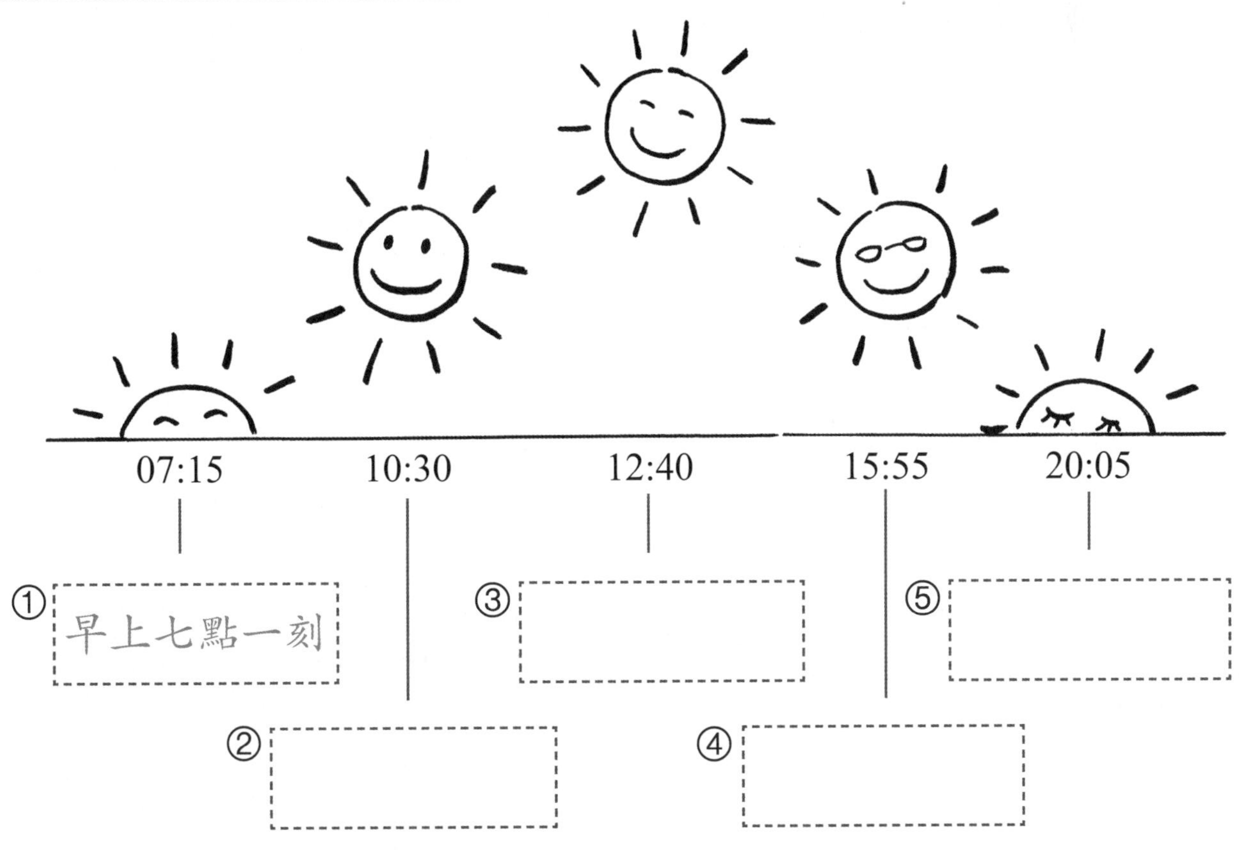

16 描筆畫

17 寫拼音及意思

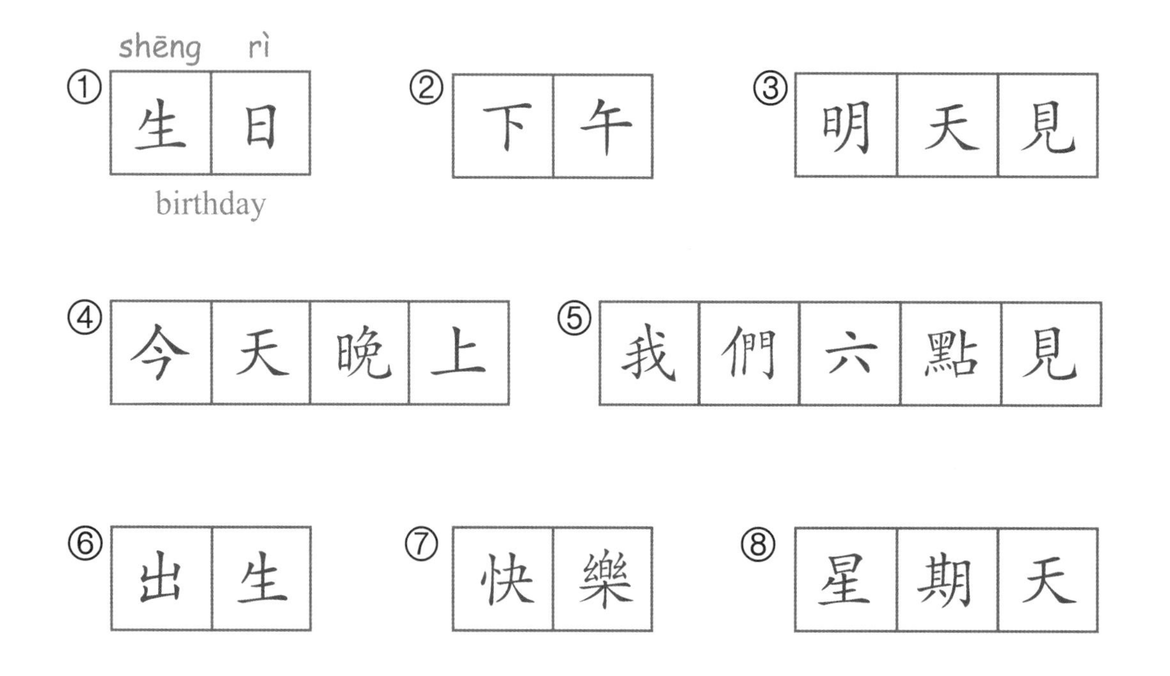

18 完成對話

1) A: 我們幾點見？

B: 下午兩點半。（14:30）

2) A: 我們今天晚上幾點見？

B: ________________（20:15）

3) A: 你的生日是幾月幾號？

B: ________________（2nd May）

4) A: 我們今天幾點見？

B: ________________（10:00）

5) A: 我們明天幾點見？

B: ________________（12:00）

6) A: 今天是我的生日。

B: ________________

19 回答問題

二〇一四年						十月
星期一	星期二	星期三	星期四	星期五	星期六	星期日
		1	2	3	4	5
6	7	8（今天）	9	10	11	12
13	14	15	16	17	18	19
20	21	22	23	24	25	26
27	28	29	30	31		

1) A: 今天幾月幾號？

B: 今天十月八號。

2) A: 昨天幾號？

B: ________________

3) A: 九月三十日星期幾？

B: ________________

4) A: 十月二十七日星期幾？

B: ________________

20 寫拼音

①	②	③	④	⑤
sì 四	十	是	日	期
⑥	⑦	⑧	⑨	⑩
幾	一	個	二	你

21 翻譯

① 今天是我的生日。 Today is my birthday.

② 你是我的好朋友。

③ 我的生日是九月十八號。

④ 我二〇〇一年出生。

⑤ 十個一千是一萬。

⑥ 祝你生日快樂！

⑦ 我們明天下午三點見。

第一單元　複　習

第一課

課文 1　一　二　三　四　五　六　七　八　九　十　百　千　萬　是　個

課文 2　你　我　的　朋友　好

第二課

課文 1　日　生日　號　月　幾　星期　星期日　星期天　今天　昨天　明天

課文 2　年　出生　謝謝　祝　快樂

第三課

課文 1　點　分　零　刻　兩　半　差　現在　了

課文 2　我們　見　早上　晚上　上午　中午　下午

韻母：a　o　e　i　u　ü　er

ai　ei　ao　ou

ia　ie　iao　iou(iu)

ua　uo　uai　uei(ui)

an　en　ang　eng　ong

ian　in　iang　ing　iong

uan　uen(un)　uang　ueng

üe　üan　ün

聲母：b　p　m　f　d　t　n　l

g　k　h　j　q　x

zh　ch　sh　r

z　c　s

聲調：ˉ　ˊ　ˇ　ˋ

基本筆畫：㇔　㇐　㇑　㇒　㇏　㇀

複合筆畫：㇕　㇚　㇂　㇃　㇁　㇜　㇛　㇙　㇙　㇟　㇈　㇆

㇖　㇍　㇌　㇋　㇗　㇉

句型：

1) 十個十是一百。

2) 今天八號。

3) 我二〇〇一年出生。

4) 兩點。

5) 現在幾點了？

6) 我們早上七點四十見。

問答：

1) 今天幾號？ 九月二號。

2) 昨天星期幾？ 星期三。

3) 明天幾號？ 明天三號。

4) 你的生日是幾月幾號？ 十月二十號。

5) 現在幾點？ 現在差五分六點。

第一單元 測 驗

1 標筆順

① 今 ② 半 ③ 分 ④ 生

2 用中文寫數字

1) 36 ________ 2) 89 ________ 3) 107 ________

4) 235 ________ 5) 1,263 ________ 6) 53,945 ________

3 寫筆畫

① 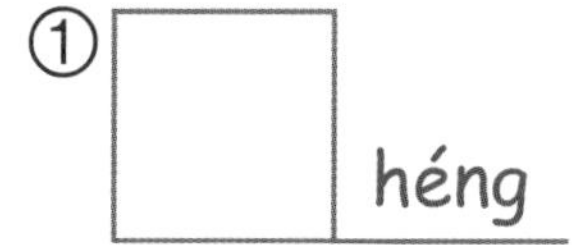 héng

② 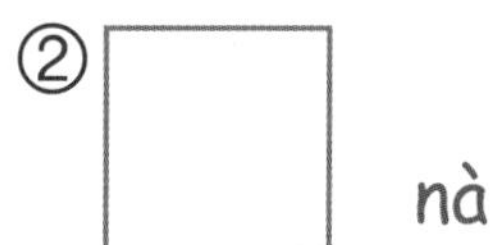 nà

③ 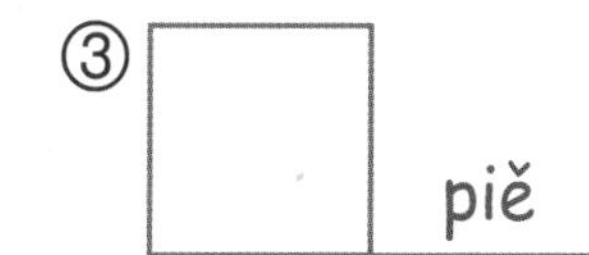 piě

④ diǎn

⑤ 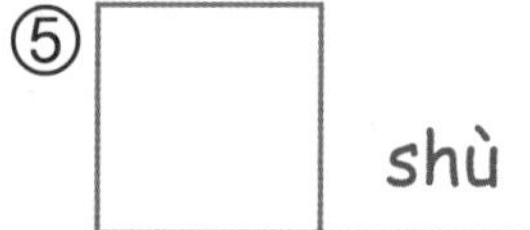 shù

⑥  tí

4 標聲調

1) bai / 2nd tone

2) liu / 1st tone

3) nian / 3rd tone

4) yue / 4th tone

5) kuai / 4th tone

6) you / 1st tone

7) gui / 3rd tone

8) xiang / 2nd tone

5 用中文寫日期

① Monday, 23rd June:

② Sunday, 6th September:

6 畫漢字的結構

1) 星 → ☐　2) 號 → ☐　3) 快 → ☐　4) 差 → ☐

7 回答問題

1) 今天幾月幾號？

____

2) 今天星期幾？

____

3) 現在幾點了？

____

4) 你的生日是幾月幾號？

____

8 寫時間

1 

____

2 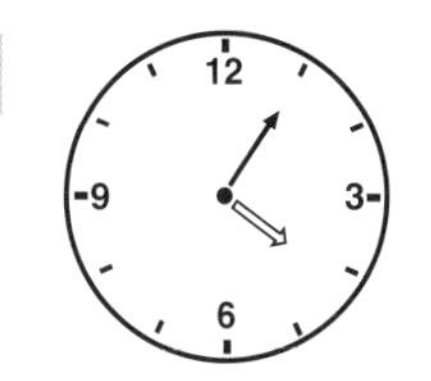

____

3 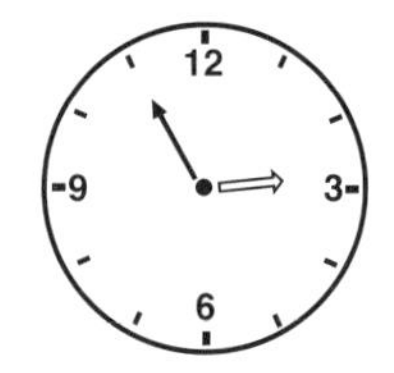

____

4 05 : 30

____

5 14 : 45

____

6 21 : 15

____

9 寫拼音

① 現 在　② 上 午　③ 快 樂　④ 謝 謝

10 翻譯

1) 祝你生日快樂！

2) 我們明天下午三點見。

3) 我二〇〇〇年出生。

4) 你是我的好朋友。

第四課　我叫王月

課文 1

1 抄生詞

mǎ a surname	馬									
lǐ a surname	李									
wáng a surname	王									
jiào name; call	叫									
shénme what	什	麼								
míngzi name	名	字								
suì year (of age)	歲									
duō dà how old	多	大								
niánjí grade	年	級								
shàng begin work or study at a fixed time	上									
yě also	也									
bù no; not	不									
ma a particle	嗎									
ne a particle	呢									

2 寫拼音

① 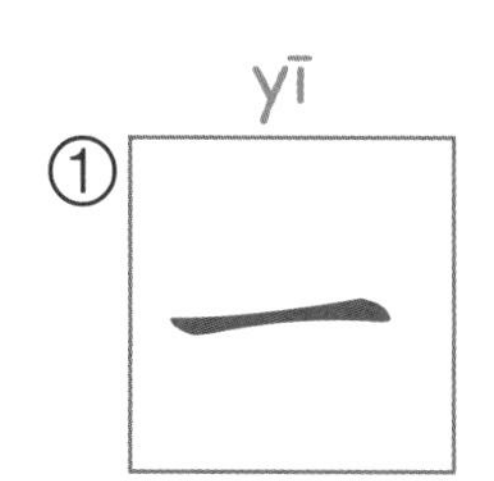

② 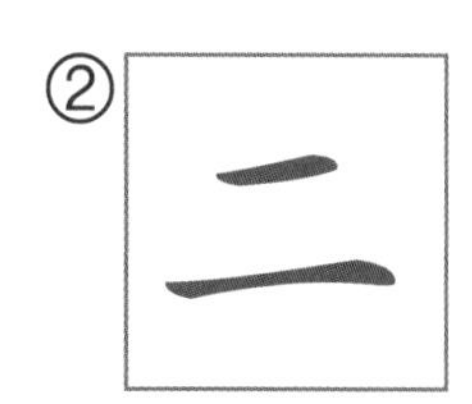

③ 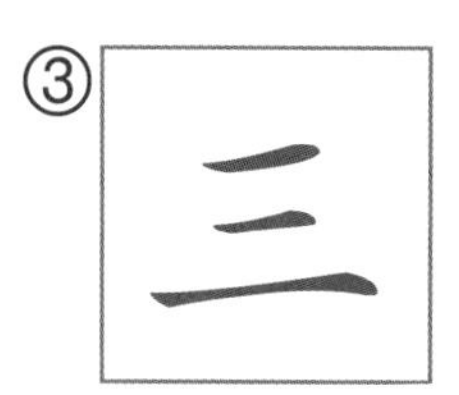

④ 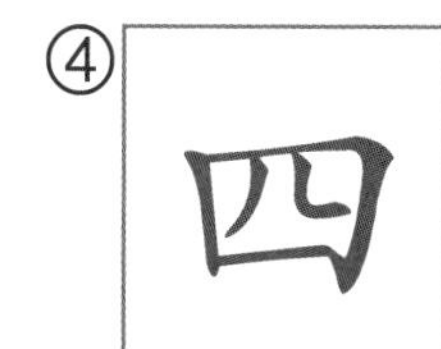

⑤ 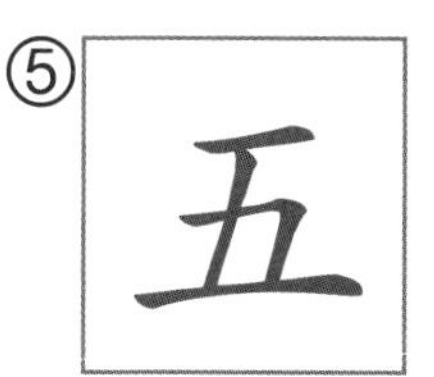

⑥ 六

⑦ 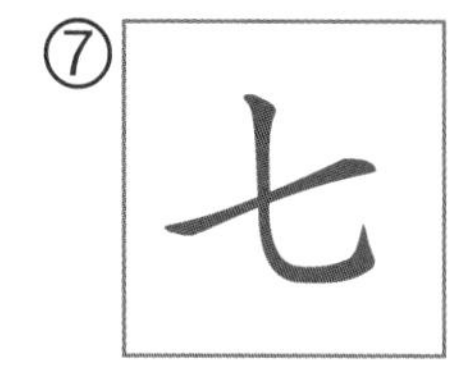

⑧ 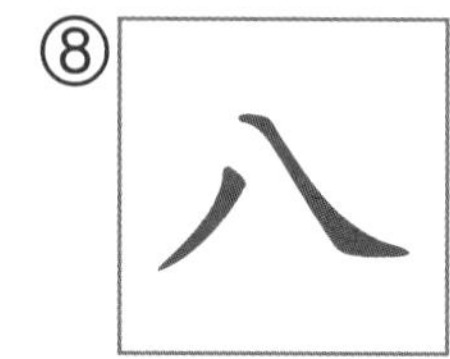

⑨ 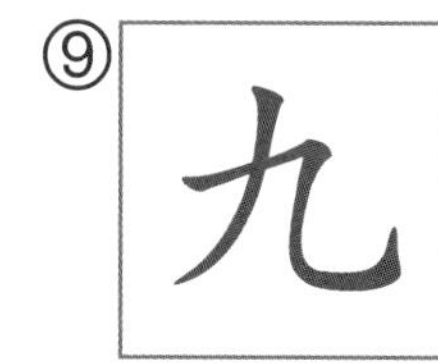

⑩ 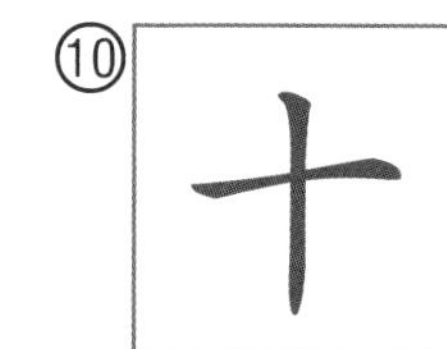

3 按規律寫數字

1) 十一、十三、十五、______、______、______

2) 一百、三百、______、______、______

3) 三千、五千、______、______、______

4) 兩萬、四萬、______、______、______

5) 四十九、五十一、______、______、______

6) 八十六、八十八、______、______、______

4 寫漢字

1) shén me ______ 2) míng zi ______ 3) duō dà ______

4) nián jí ______ 5) shàng ______ 6) yě ______

7) bù ______ 8) suì ______ 9) ma ______

5 找出詞語並寫出意思

現	在	出	早	晚
名	字	生	上	下
我	日	中	午	什
們	好	朋	友	麼

1) 現在 now
2) ____________
3) ____________
4) ____________
5) ____________
6) ____________
7) ____________
8) ____________
9) ____________
10) ____________

6 完成對話

1) A: 你叫什麼名字？

B: ____________

2) A: 你上幾年級？

B: ____________

3) A: 你多大了？

B: ____________

4) A: 你的生日是幾月幾號？

B: ____________

5) A: 你的好朋友叫什麼名字？

B: ____________

6) A: 你的好朋友也上七年級嗎？

B: ____________

7) A: 你的好朋友今年多大了？

B: ____________

8) A: 你的好朋友的生日是幾月幾號？

B: ____________

7 描筆畫

① 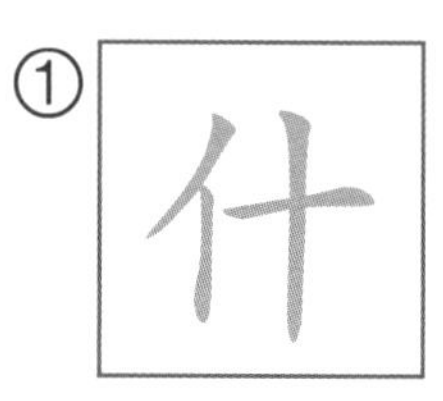

héng

② 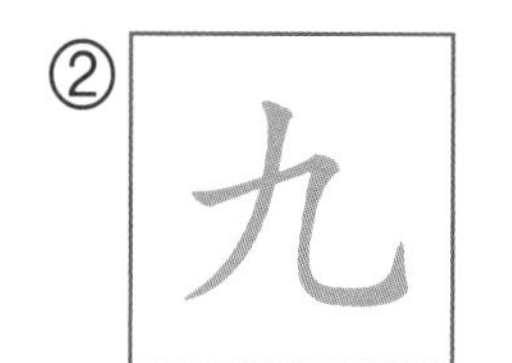

héng zhé wān gōu

③ 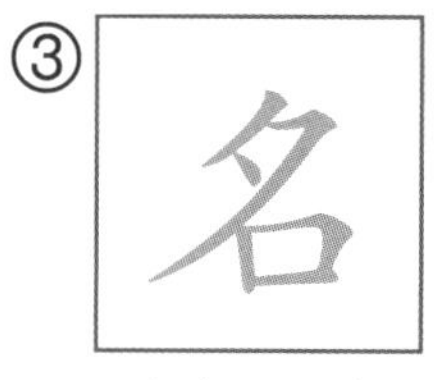

héng piě

④ 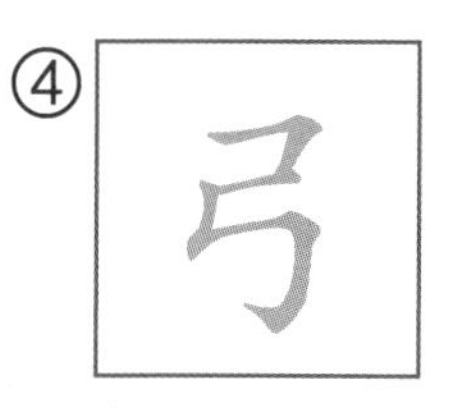

shù zhé zhé gōu

⑤ 

wān gōu

⑥ 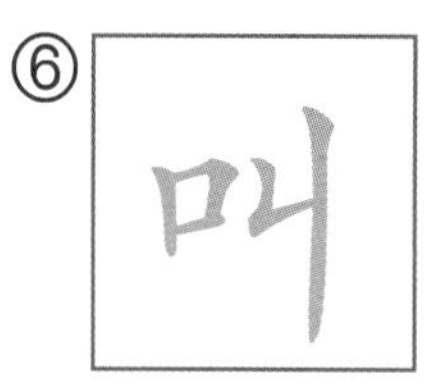

héng zhé

⑦ 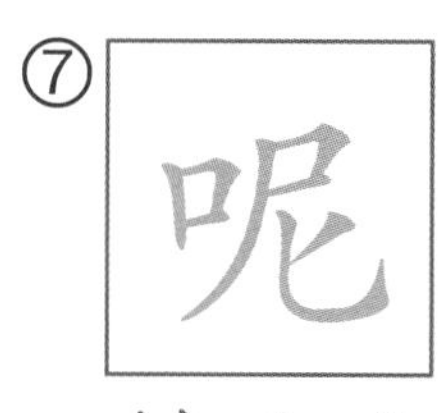

shù wān gōu

⑧ 

piě zhé

⑨ 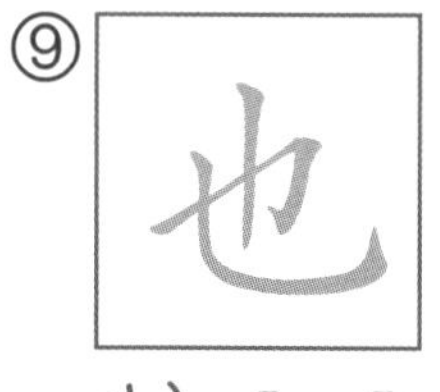

shù wān gōu

⑩ 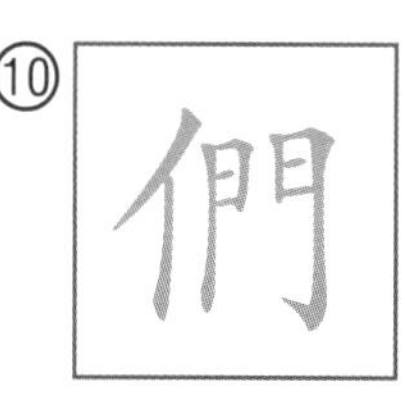

héng zhé gōu

⑪ 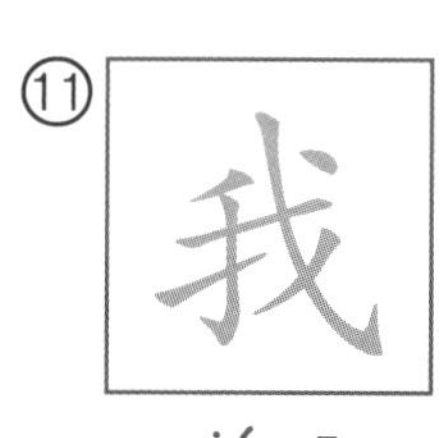

xié gōu

⑫ 

shù gōu

8 完成對話

1) A: ______________________

B: 今天九月二十八日。

2) A: ______________________

B: 今天星期五。

3) A: ______________________

B: 現在晚上六點一刻。

4) A: ______________________

B: 我今年十一歲。

5) A: ______________________

B: 昨天九月二十七日。

6) A: ______________________

B: 明天星期天。

7) A: ______________________

B: 我叫王月。

8) A: ______________________

B: 我的生日是十月二號。

課文 2

9 抄生詞

tián a surname	田									
āyí aunt; a form of address	阿	姨								
xiǎomíng nickname	小	名								
nín you (respectfully)	您									
hǎo used to show politeness	好									
nǐmen you (plural)	你	們								
jīnnián this year	今	年								
dōu both; all	都									
zàijiàn goodbye; see you again	再	見								

10 寫拼音及意思

① 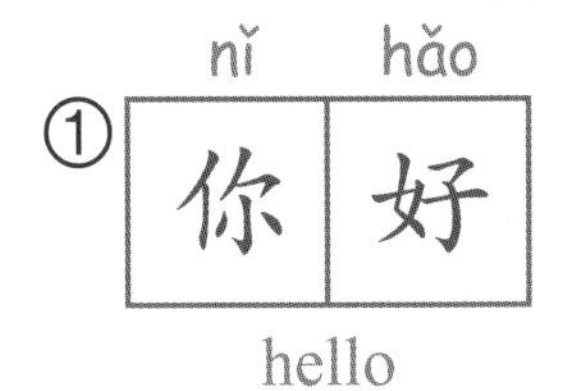

② 

③ 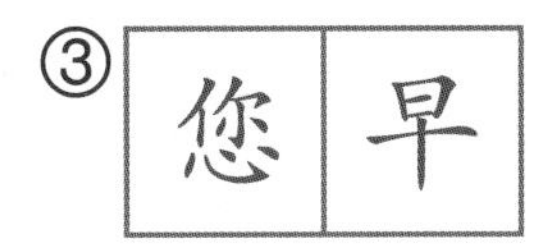

④ 

⑤ 再見

⑥ 謝謝

⑦ 快樂

⑧ 上午

⑨ 晚上

⑩ 名字

⑪ 什麼

⑫ 現在

11 看圖寫問題

①

1) 李大年多大了？

2) ____________________

②

1) ____________________

2) ____________________

③

1) ____________________

2) ____________________

12 寫出偏旁部首的意思

① 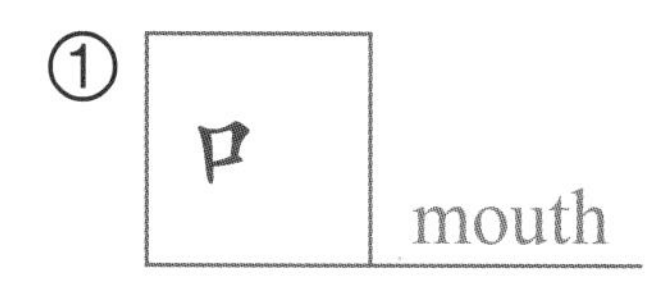

② 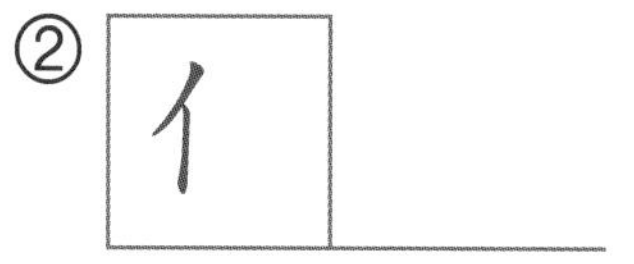

③ 

④ 日 ____________

⑤ 

⑥ 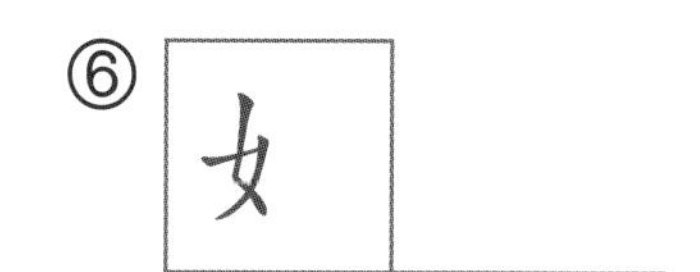

⑦ 礻 ____________

⑧ 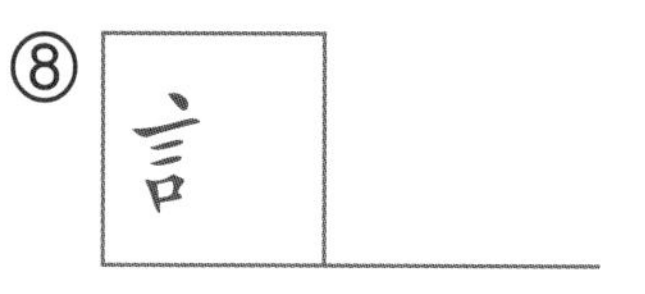

13 連詞成句

1) 上／馬天樂／幾年級／？→ 馬天樂上幾年級？

2) 十月／十四日／明天／。→ ________________

3) 你／嗎／上／也／七年級／？→ ________________

4) 差／六點／五分／現在／。→ ________________

5) 名字／叫／你的好朋友／什麼／？→ ________________

14 翻譯

① 我們都上七年級。

② 我們的生日都是十月三日。

③ 我們今年都十一歲。

④ 我們的小名都叫樂樂。

15 就所給偏旁部首寫出漢字及意思

1) 口：嗎 a particle

2) 人：________ ________________

3) 日：________ ________________

4) 礻：________ ________________

5) 白：________ ________________

6) 亻：________ ________________

7) 女：________ ________________

8) 言：________ ________________

16 翻譯

① Which grade are you in this year?

② My nickname is Xiao Ming（小明）.

③ I am eleven years old this year.

④ We are both in grade 8.

⑤ I was born on 29th April, 2004.

⑥ My good friend is in grade 9 this year.

17 描筆畫

18 看圖寫短文

①

李天樂
小名：樂樂
十歲　七年級
生日：五月八日

我叫李天樂。我的小名叫樂樂。我今年十歲，上七年級。我的生日是五月八日。

②

王明
小名：明明
八歲　四年級
生日：九月二日

____

____

____

③

星月
小名：小月
十一歲　八年級
生日：三月一日

____

____

____

19 找出詞語並寫出意思

什	麼	晚	小	名
阿	早	上	中	字
姨	下	午	年	再
我	明	今	出	見
們	昨	天	生	日

1) ______________ 6) ______________

2) ______________ 7) ______________

3) ______________ 8) ______________

4) ______________ 9) ______________

5) ______________ 10) ______________

20 用中文寫數字

1) 96 ______________________

2) 102 ______________________

3) 547 ______________________

4) 2,783 ______________________

5) 63,200 ______________________

6) 10,015 ______________________

7) 734 ______________________

8) 20,000 ______________________

9) 53 ______________________

10) 6,301 ______________________

21 數筆畫

22 寫短文

Write a short paragraph about yourself. You should include:

- your name
- your nickname if any
- your birthday
- your age
- your grade

第五課　我家有七口人

課文 1

1 抄生詞

bàba dad; father	爸	爸								
māma mum; mother	媽	媽								
jiějie elder sister	姐	姐								
mèimei younger sister	妹	妹								
gēge elder brother	哥	哥								
dìdi younger brother	弟	弟								
xiōngdì jiěmèi brothers and sisters	兄	弟	姐	妹						
yǒu have	有									
méiyǒu not have	沒	有								
jiā family; home	家									
rén person	人									
kǒu a measure word	口									
hái also; in addition	還									
hé and	和									
shéi who; whom	誰									

2 按規律寫時間

1) 昨天　今天　明天

2) ______　星期四　______

3) 十月四日　______　______

4) 八月　______　十月

5) ______　中午　______

6) 七點　______　九點

3 就劃線部分提問

1) 我叫馬天樂。(什麼)

你叫什麼名字？

2) 我今年十二歲。(多大)

______

3) 我們晚上九點見。(幾點)

______

4) 我有兩個妹妹。(幾)

______

5) 我上七年級。(幾)

______

6) 王明今年八歲。(幾歲)

______

7) 我家有五口人。(幾)

______

8) 我家有爸爸、媽媽和我。(誰)

______

4 寫偏旁部首

① 亻 standing person　② white　③ female　④ speech

⑤ ritual　⑥ mouth　⑦ sun　⑧ stretching person

5 連詞成句

1) 田阿姨家／三口人／有／。→ ____________________

2) 馬小天／兄弟姐妹／沒有／。→ ____________________

3) 有／王朋／還／一個姐姐／。→ ____________________

4) 見／明天／我們／下午／三點／。→ ____________________

5) 小名／馬天明／叫／明明／的／。→ ____________________

6 寫漢字

① bà ba
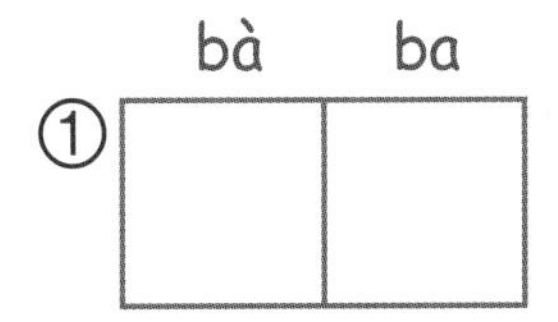

② mā ma
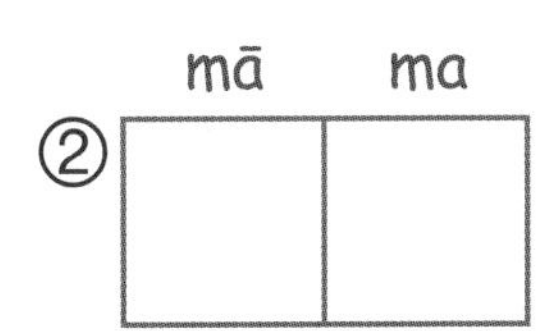

③ jiě jie
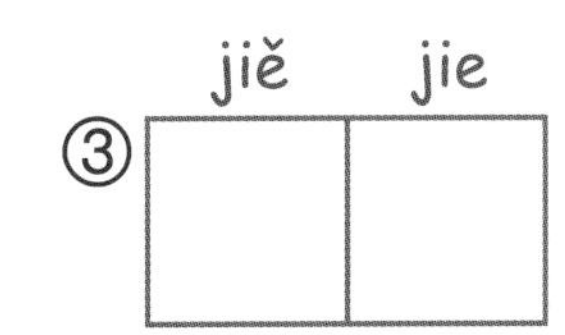

④ gē ge
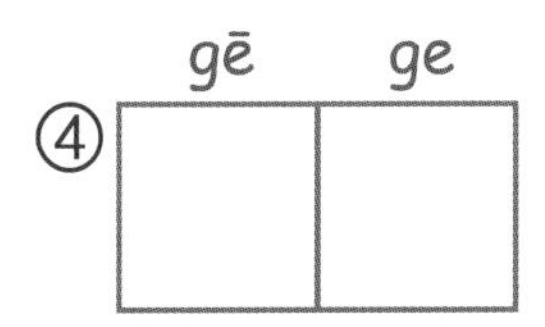

⑤ mèi mei

⑥ dì di
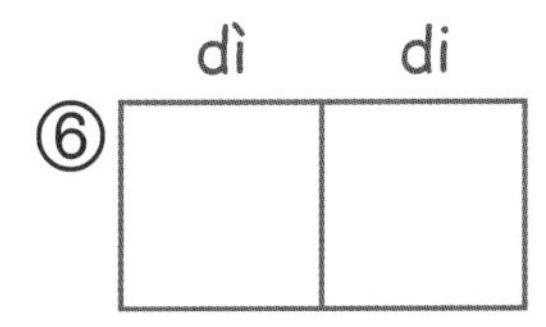

⑦ méi yǒu

⑧ sì kǒu rén

⑨ wǎn shang

⑩ míng zi

⑪ nián jí
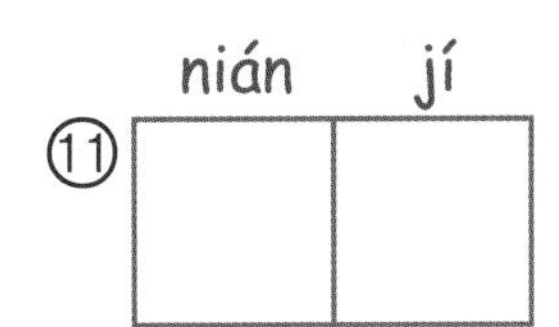

⑫ shéi
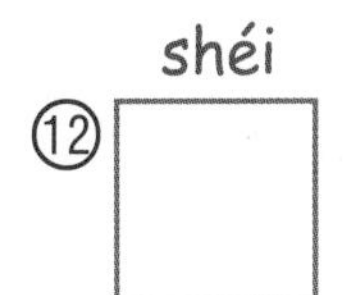

⑬ hé

7 回答問題

1) 你家有幾口人？

2) 你有小名嗎？

3) 你上幾年級？

4) 你家有誰？

5) 你今年多大了？

6) 2020 年你多大？

8 用所給詞語填空

什麼	誰	幾	幾歲	多大

1) 你的朋友叫 __什麼__ 名字？
2) 你家有 ______ ？
3) 你今年 ______ 了？（十二歲）
4) 你今年上 ______ 年級？
5) 現在 ______ 點了？
6) 你家有 ______ 口人？
7) 你有 ______ 個兄弟姐妹？
8) 你弟弟今年 ______ 歲了？（五歲）
9) 今天星期 ______ ？
10) 我們明天 ______ 點見？

9 就所給句子提問

1) 我十二歲。
→ 你多大了？

2) 我有兄弟姐妹。
→

3) 我有兩個姐姐。
→

4) 我上七年級。
→

10 看圖寫短文

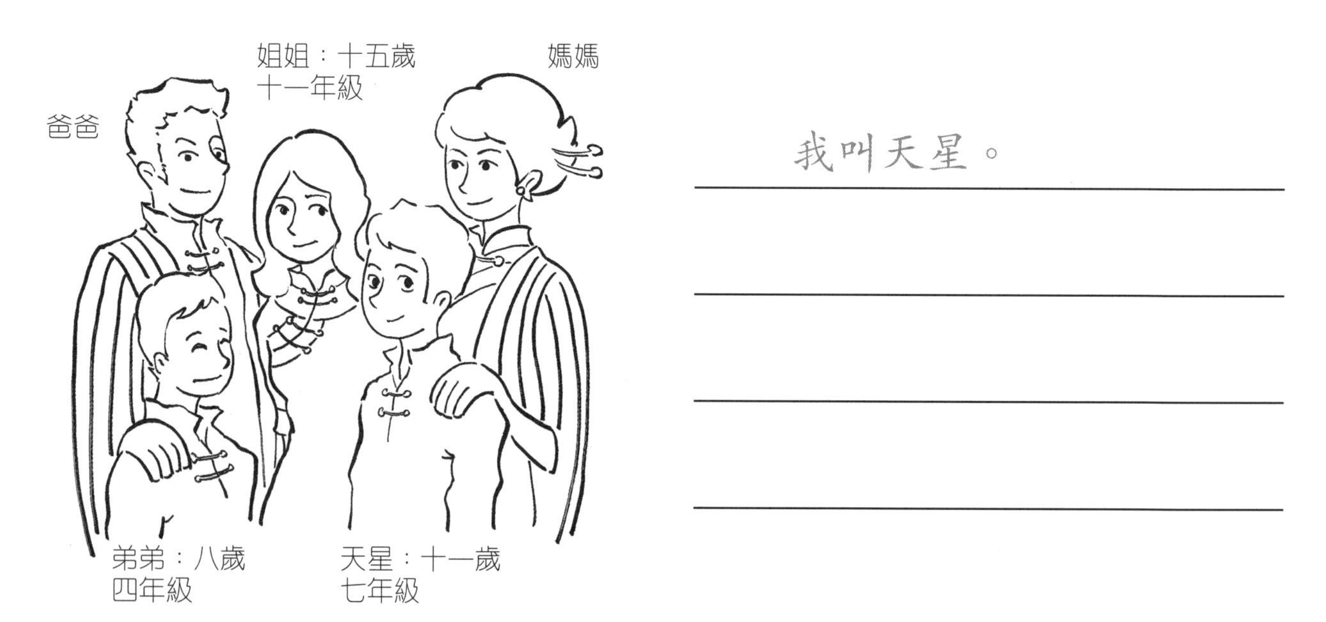

課文 2

11 抄生詞

zhè this	這									
nà that	那									
tā he; him	他									
tā she; her	她									
xiǎoxué primary school	小	學								
zhōngxué secondary school	中	學								
dàxué university	大	學								
xuéshēng student	學	生								
xiǎoxuéshēng primary school student	小	學	生							
zhōngxuéshēng secondary school student	中	學	生							
dàxuéshēng university student	大	學	生							

12 寫出偏旁部首的意思

① 忄 ____

②  ____

③ 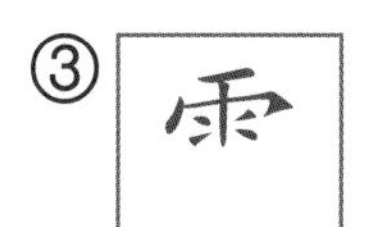 ____

④ 刂 ____

⑤ 夕 ____

⑥ 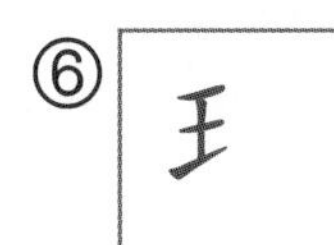 ____

⑦ 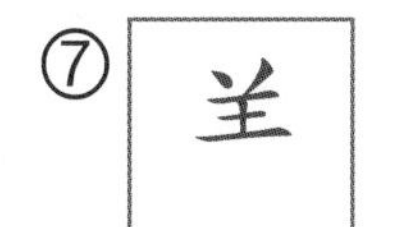 ____

⑧ 礻 ____

13 找出句子並寫下來

1) 今天是我的生日。

2) ______

3) ______

4) ______

5) ______

6) ______

7) ______

14 就所給偏旁部首寫出漢字及意思

1) 忄：快 happy

2) 灬：______ ______

3) 雨：______ ______

4) 刂：______ ______

5) 宀：______ ______

6) 夕：______ ______

7) 王：______ ______

8) 𦍌：______ ______

15 寫拼音及意思

secondary school student

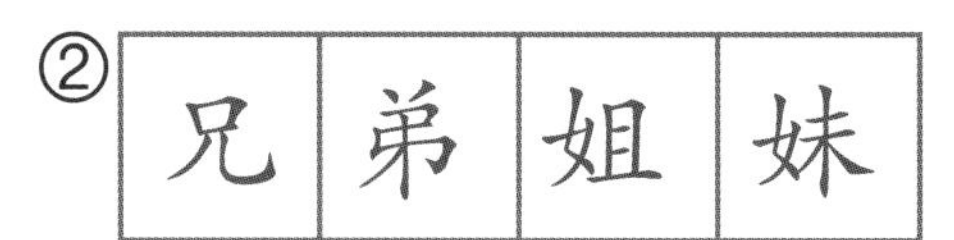

④ 再見　⑤ 這　⑥ 那　⑦ 和　⑧ 他　⑨ 她

16 看圖寫句子

1) 這是我爸爸。

2) ______

3) ______

4) ______

5) ______

6) ______

17 翻譯

① Her name is Li Tianle（李天樂）.

② He has two elder sisters.

③ She does not have any siblings.

④ 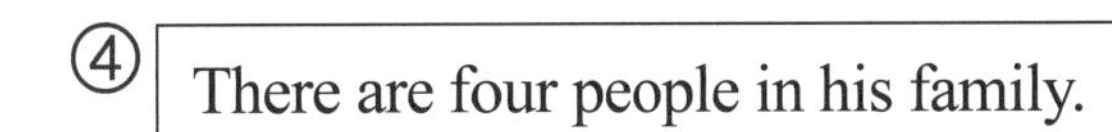
There are four people in his family.

⑤ 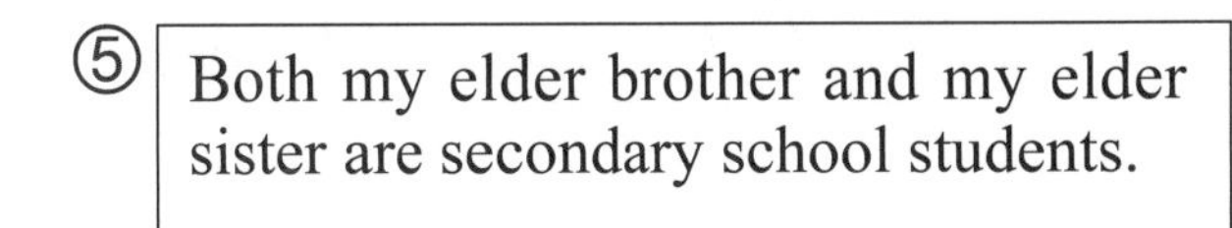
Both my elder brother and my elder sister are secondary school students.

⑥ It's my mother's birthday today.

18 連詞成句

1) 還／小明／一個／有／姐姐／。→ ______

2) 誰／這個人／是／？→ ______

3) 王大年／是／哥哥／的／大學生／。→ ______

4) 是／王月／她／姐姐／的／。→ ______

5) 大生／一個／哥哥／有／和／妹妹／兩個／。

→ ______

6) 兩個／我／小學生／是／妹妹／的／都／。

→ ______

19 寫反義詞

下　晚　那

1) 上→ 下　2) 這→ ___　3) 早→ ___

20 組詞

1) 學 生　2) 你 ___　3) 沒 ___　4) 大 ___　5) 再 ___

6) 今 ___　7) 晚 ___　8) 中 ___　9) 什 ___　10) 名 ___

11) ___ 名　12) 出 ___　13) 快 ___　14) 朋 ___　15) 生 ___

16) ___ 好　17) 年 ___　18) 阿 ___　19) 兄 ___　20) 昨 ___

21 閱讀理解

這是李明的一家。他家有五口人：爸爸、媽媽、姐姐、弟弟和李明。李明的爸爸今年四十三歲，媽媽今年四十一歲。李明的姐姐今年十四歲。她是中學生，上十年級。李明的弟弟今年九歲，上四年級。他是小學生。李明今年十二歲，上八年級。他是中學生。他們是快樂的一家。

回答問題：

1) 李明家有幾口人？他家有誰？

2) 他有幾個姐姐？

3) 他姐姐今年多大了？上幾年級？

4) 他弟弟是小學生嗎？

5) 李明今年上幾年級？

6) 他們一家人快樂嗎？

22 寫偏旁部首

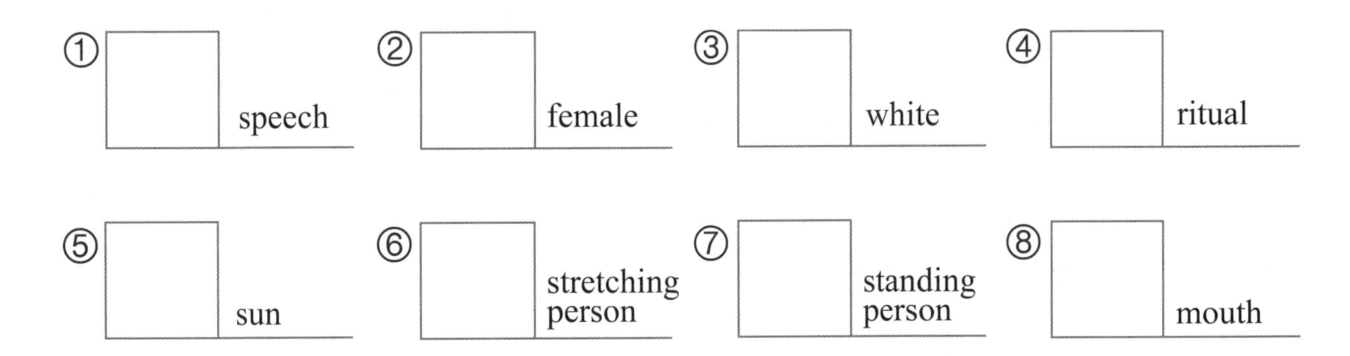

23 找出詞語並寫出意思

多	年	月	今	天
大	小	級	星	沒
中	學	出	期	有
什	麼	生	日	名
兄	弟	姐	妹	字

1) ____________ 7) ____________

2) ____________ 8) ____________

3) ____________ 9) ____________

4) ____________ 10) ____________

5) ____________ 11) ____________

6) ____________ 12) ____________

24 寫時間

1 2  3  4

5  6  7  8

25 寫短文

Introduce your family. You should include:

- your own name, age and grade
- number of people in your family and who they are
- your siblings' name(s), age and grade

第六課　他長什麼樣

課文 1

1 抄生詞

yǎnjing eye	眼	睛									
bízi nose	鼻	子									
zuǐba mouth	嘴	巴									
ěrduo ear	耳	朵									
tóufa hair	頭	髮									
hěn very	很										
duǎn short (in length)	短										
cháng long	長										
zhǎng grow	長										
yàng appearance	樣										

2 畫漢字的結構

1) 眼 → 2) 鼻 → 3) 很 → 4) 樣 →

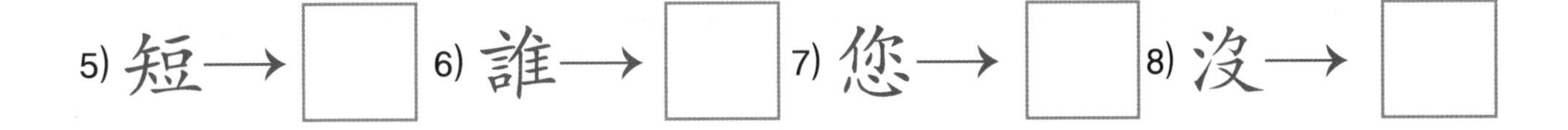

5) 短 → 6) 誰 → 7) 您 → 8) 沒 →

3 看圖寫詞

① 

長

② 

③ 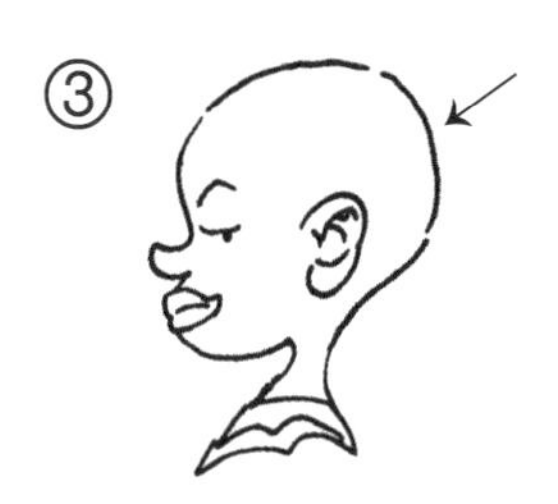

④ 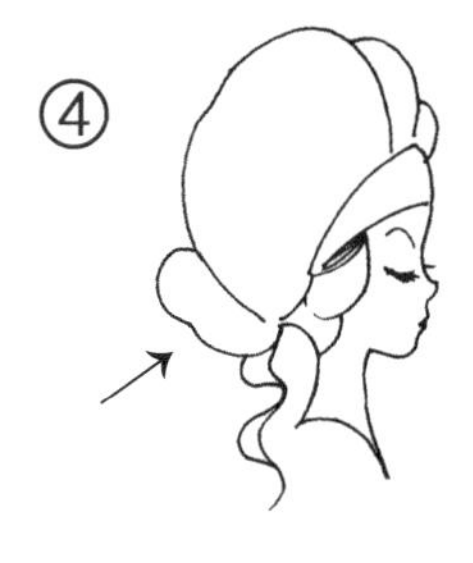

⑤ 

⑥ 

⑦ 

⑧ 

4 模仿例子改寫句子

1) 他有大眼睛。

→ 他的眼睛很大。

2) 她有小嘴巴。

→

3) 弟弟有短頭髮。

→

4) 姐姐有長頭髮。

→

5 造句

1) 也：我也上七年級。

2) 還：

3) 都：

4) 和：

6 找出詞語並寫出意思

兄	弟	姐	妹	阿
什	多	大	今	姨
麼	現	學	出	年
樣	在	生	日	級

1) ______
2) ______
3) ______
4) ______
5) ______
6) ______
7) ______
8) ______

7 用所給詞語填空

多大　誰　幾歲　什麼　什麼樣　幾

1) 你家有 ______ 口人？
2) 你哥哥今年 ______ 了？（二十歲）
3) 你妹妹 ______ 了？（六歲）
4) 你弟弟長 ______ ？
5) 你有 ______ 個兄弟姐妹？
6) 那個人是 ______ ？
7) 現在 ______ 點了？
8) 你姐姐叫 ______ 名字？

8 回答問題

1) 你叫什麼名字？

2) 你是中學生嗎？

3) 你今年多大了？

4) 你今年上幾年級？

5) 你有兄弟姐妹嗎？

6) 你的眼睛大嗎？

7) 你的頭髮長嗎？

8) 你的生日是幾月幾號？

9 圈出不同類的詞

1) 眼睛　昨天　現在

2) 名字　學生　小名

3) 長　短　耳朵

4) 上　誰　下

5) 鼻子　頭髮　快樂

6) 幾點　晚上　多大

7) 嘴巴　朋友　阿姨

8) 年級　什麼　誰

10 連線並寫出句子

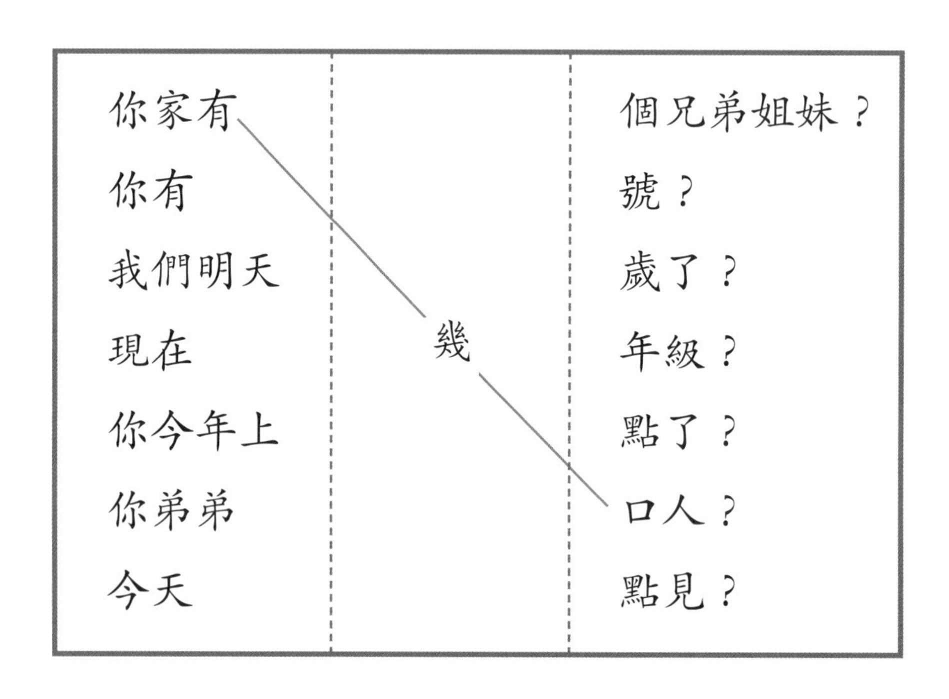

你家有		個兄弟姐妹？
你有		號？
我們明天		歲了？
現在	幾	年級？
你今年上		點了？
你弟弟		口人？
今天		點見？

1) 你家有幾口人？

2) ______

3) ______

4) ______

5) ______

6) ______

7) ______

課文 2

11 抄生詞

liǎn face	臉										
yuán round	圓										
gāo tall; high	高										
ǎi short (of stature)	矮										
pàng fat; plump	胖										
shòu thin; slim	瘦										
de a particle	得										
dà dìdi eldest younger brother	大	弟	弟								
xiǎo dìdi youngest younger brother	小	弟	弟								
shàngxué attend school; go to school	上	學									
hái still	還										

12 模仿例子改寫句子

1) 她有圓圓的臉。

→ 她的臉圓圓的。

2) 她有大大的眼睛。

→

3) 她有小小的嘴巴。

→

4) 她有長長的頭髮。

→

13 判斷正誤

☑ 1) 馬小明長得高高的。

☐ 2) 田樂長得不高。

☐ 3) 李大年長得很胖。

☐ 4) 謝天長得不胖也不瘦。

14 寫反義詞

1) 大→ ______ 2) 矮→ ______ 3) 胖→ ______ 4) 短→ ______

5) 早→ ______ 6) 上→ ______ 7) 這→ ______

15 完成對話

1) A: ____________________

B: 他今年十二歲。

2) A: ____________________

B: 那個人是田阿姨。

3) A: ____________________

B: 我也上七年級。

4) A: ____________________

B: 我家有五口人。

5) A: ____________________

B: 他上九年級。

6) A: ____________________

B: 我有一個哥哥。

7) A: ____________________

B: 我是中學生，我姐姐是大學生。

8) A: ____________________

B: 我家有爸爸、媽媽、弟弟和我。

16 看圖寫短文

你可以用

a) 他有大眼睛。

b) 他的眼睛大大的。

c) 他的眼睛很大。

d) 他的頭髮不長也不短。

e) 他長得高高的、瘦瘦的。

f) 他的眼睛和鼻子都小小的。

1) 小樂長得______________________________

____

2) ______________________________

____

17 標筆順

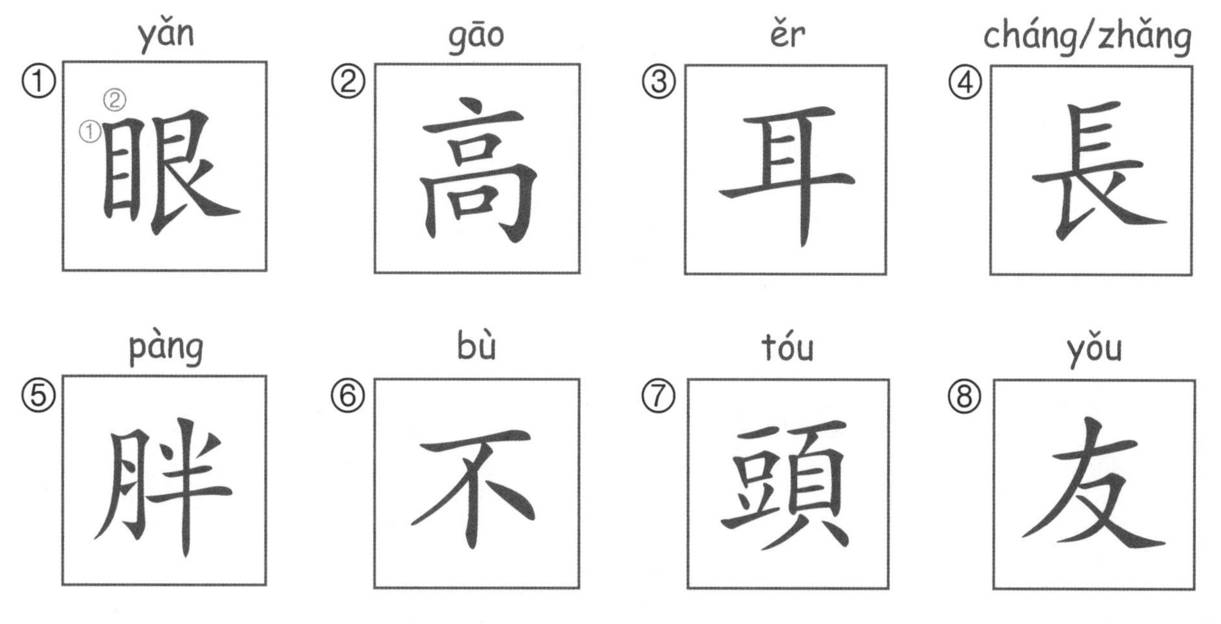

18 翻譯

① My younger brother has not started school yet.

② Are you a secondary school student?

③ She has long hair.

④ He is tall and thin.

⑤ What does your elder brother look like?

⑥ He has a round face and is quite chubby.

19 描筆畫

①
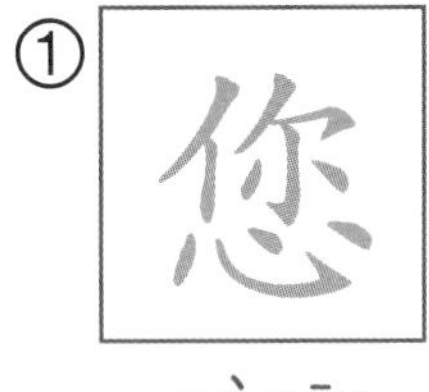

wò gōu

②

piě zhé

③

piě diǎn

④
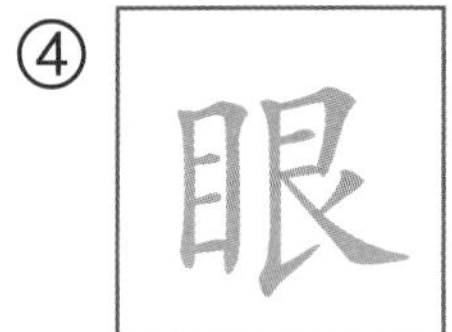

shù tí

⑤ 朵
héng zhé wān

⑥
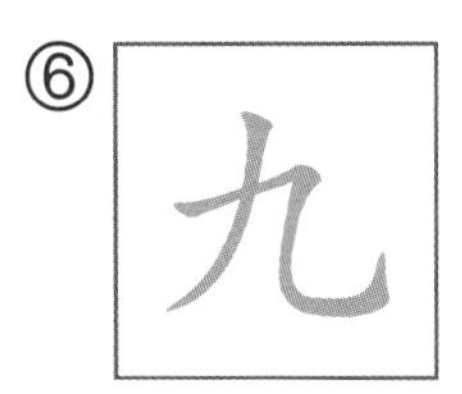

héng zhé wān gōu

⑦

héng zhé gōu

⑧

shù wān

⑨ 圓
héng zhé

⑩

héng zhé gōu

⑪ 瘦
héng piě

⑫

piě

20 就所給偏旁部首寫出漢字及意思

1) 山：崖 cliff
2) 心：______ ______
3) 糹：______ ______
4) 夂：______ ______
5) 氵：______ ______
6) 月：______ ______
7) 阝：______ ______
8) 辶：______ ______

21 閱讀理解

高明有一個哥哥和一個妹妹。他哥哥今年十八歲，上大學一年級。他長得高高的、胖胖的。他的眼睛大大的，頭髮短短的。高明的妹妹今年十三歲，上中學三年級。她長得不高也不矮。她有大眼睛和長頭髮。高明今年十五歲，上中學五年級。他長得瘦瘦的、高高的。他的眼睛不大也不小。他的頭髮短短的。

回答問題：

1) 高明有幾個哥哥？
2) 高明有弟弟嗎？
3) 他哥哥上大學幾年級？
4) 他哥哥長什麼樣？
5) 他妹妹是小學生嗎？
6) 他妹妹的頭髮長嗎？
7) 高明今年多大了？
8) 他長得高嗎？

22 找出詞語並寫出意思

眼	睛	鼻	嘴	巴
學	生	子	耳	朵
出	日	沒	有	頭
我	年	再	見	髮
你	們	級	圓	臉

1) ____________ 6) ____________

2) ____________ 7) ____________

3) ____________ 8) ____________

4) ____________ 9) ____________

5) ____________ 10) ____________

23 寫拼音及意思

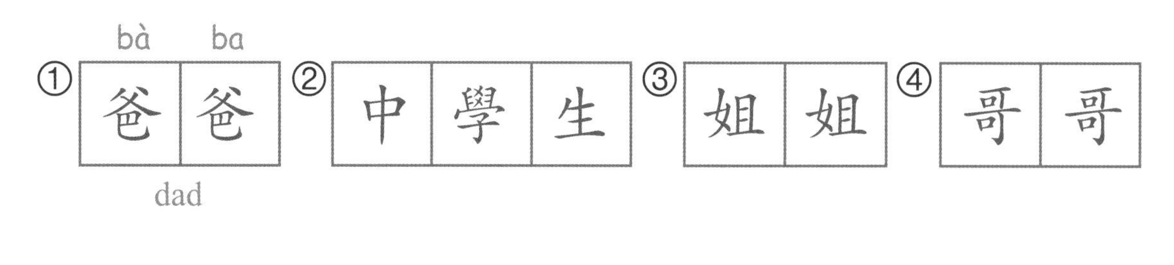

⑤ 兄弟姐妹 ⑥ 您好 ⑦ 中午 ⑧ 晚上

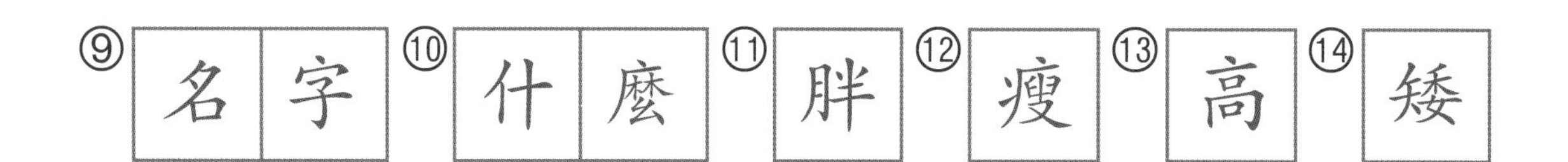

24 寫短文

Describe yourself and your family members. You should include:

- who are in your family
- your parents' appearance and stature
- your siblings' appearance and stature
- your appearance and stature

第二單元 複 習

第四課

課文 1 馬 李 王 叫 什麼 名字 歲 多大 年級 上 也 不 嗎 呢

課文 2 田 阿姨 小 小名 您 好 你們 今年 都 再見

第五課

課文 1 爸爸 媽媽 姐姐 妹妹 姐妹 哥哥 弟弟 兄弟 兄弟姐妹 有 沒有 家 人 口 還 和 誰

課文 2 這 那 他 她 學 小學 中學 大 大學 學生 小學生 中學生 大學生

第六課

課文 1 眼睛 鼻子 嘴巴 耳朵 頭 頭髮 很 短 長(cháng) 長(zhǎng) 樣

課文 2 臉 圓 高 矮 胖 瘦 得 大弟弟 小弟弟 上學 還沒

偏旁部首： 口 亻 人 日 白 女 礻 言

忄 灬 ⻗ 刂 𦍌 王 夕 宀

山 糹 阝 月 心 父 氵 辶

句型：

1) 我叫馬天樂。
2) 你多大了？
3) 我今年上七年級。
4) 我不上七年級。
5) 你也上七年級嗎？
6) 我上三年級。你呢？
7) 這是你姐姐嗎？
8) 那個人是誰？
9) 他的頭髮很短。
10) 他的臉圓圓的。
11) 他長得高高的。

問答：

1) 你好！　你好！

2) 您早！　你早！

3) 再見！　再見！

4) 你叫什麼名字？　我叫王月。

5) 你幾歲了？　我八歲。

6) 你多大了？　十一歲。

7) 你上幾年級？　七年級。

8) 你也上七年級嗎？　我也上七年級。

9) 我上三年級。你呢？　我上八年級。

10) 你家有幾口人？　我家有七口人。

11) 你有兄弟姐妹嗎？　我没有兄弟姐妹。/ 我有一個姐姐，還有一個妹妹。

12) 你有弟弟嗎？　我有一個弟弟。他還没上學。

13) 你有幾個哥哥？　我有兩個哥哥。

14) 你家有誰？　我家有爸爸、媽媽、弟弟和我。

15) 這個人是誰？　她是我姐姐。她是中學生。

16) 那個人是誰？　她是田阿姨。

17) 這是你姐姐嗎？　不是。她是我妹妹。

18) 你姐姐和哥哥都是中學生嗎？　我姐姐是中學生，我哥哥是大學生。

19) 你姐姐長什麼樣？　她長得高高的、瘦瘦的。她有大大的眼睛。她的頭髮不長也不短。

1 寫拼音

① 阿姨 ② 名字 ③ 再見 ④ 什麼

2 寫偏旁部首

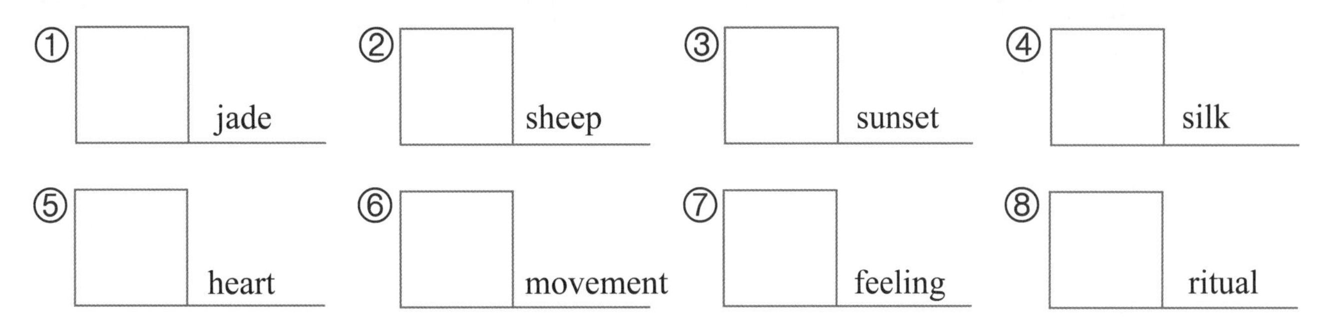

3 連詞成句

1) 小名 / 的 / 叫 / 我 / 家家 / 。→ ______

2) 上 / 我們 / 七年級 / 不 / 。→ ______

3) 是 / 我 / 那個人 / 爸爸 / 。→ ______

4) 弟弟 / 妹妹 / 和 / 小學生 / 是 / 都 / 。→ ______

5) 有 / 他 / 兩個 / 哥哥 / 。→ ______

6) 上學 / 沒 / 小弟弟 / 還 / 。→ ______

4 寫反義詞

晚	小	短
矮	瘦	下

1) 上→ ______ 2) 大→ ______ 3) 早→ ______

4) 高→ ______ 5) 胖→ ______ 6) 長→ ______

5 圈出不同類的詞

1) 今年 明天 高 2) 耳朵 矮 胖 3) 這 誰 那

4) 阿姨 媽媽 圓 5) 上學 長 短 6) 都 臉 頭髮

6 完成對話

1) A: ____________________

B: 我叫王月。

2) A: ____________________

B: 我上七年級。

3) A: ____________________

B: 我家有五口人。

4) A: 你爸爸長什麼樣？

B: ____________________

5) A: 這是你姐姐嗎？

B: ____________________

6) A: 我上七年級。你呢？

B: ____________________

7 閱讀理解

我叫王小天。我家有六口人：爸爸、媽媽、兩個哥哥、一個妹妹和我。我大哥是大學生，上大學一年級。我二哥是中學生，上十二年級。我妹妹是小學生，上六年級。

我今年十一歲，上七年級。我長得不高也不矮。我的臉圓圓的。我有大眼睛、高鼻子、小嘴巴和大耳朵。

回答問題：

1) 王小天有幾個兄弟姐妹？

2) 他有姐姐嗎？

3) 他大哥是中學生嗎？

4) 他妹妹今年上幾年級？

5) 王小天長什麼樣？

8 寫短文

Write about yourself and your family members. You should include:

- your name, age and grade
- how many members in your family and who they are
- how old they are
- whether your siblings are college students, secondary school students or primary school students, and what grade they are in

第七課　我是中國人

課文 1

1 抄生詞

wàigōng mother's father	外	公								
wàipó mother's mother	外	婆								
yéye father's father	爺	爺								
nǎinai father's mother	奶	奶								
zhōngguó China	中	國								
zhōngguó rén Chinese (people)	中	國	人							
měiguó United States of America	美	國								
měiguó rén American (people)	美	國	人							
yīngguó Britain	英	國								
yīngguó rén British	英	國	人							
fǎguó France	法	國								
fǎguó rén French (people)	法	國	人							
déguó Germany	德	國								
déguó rén German (people)	德	國	人							
zhù live	住									

zài in; on; at	在									
nǎ which; what	哪									
nǎr where	哪	兒								
tāmen they; them	他	們								
duì correct	對									

2 填空

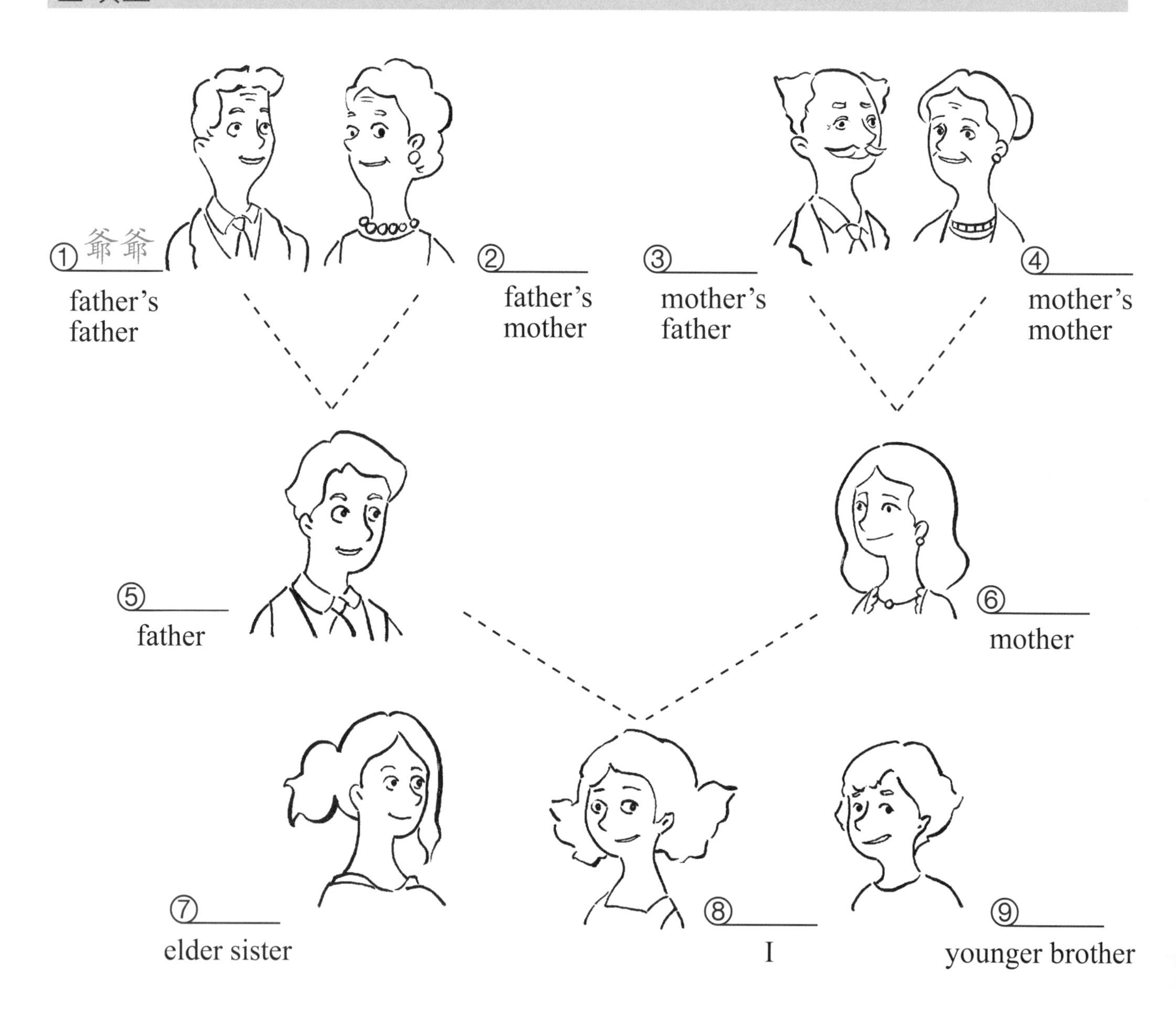

3 寫偏旁部首

① ☐ sun
② ☐ white
③ ☐ flesh
④ ☐ jade
⑤ ☐ ritual
⑥ ☐ speech
⑦ ☐ feeling
⑧ ☐ water
⑨ ☐ ear
⑩ ☐ heart
⑪ ☐ heat
⑫ ☐ silk
⑬ ☐ mountain
⑭ ☐ long knife
⑮ ☐ movement
⑯ ☐ father

4 填空

1) 爸爸的爸爸是 ____________ 。
2) 爸爸的媽媽是 ____________ 。
3) 媽媽的爸爸是 ____________ 。
4) 媽媽的媽媽是 ____________ 。

5 連詞成句

1) 長得 / 胖胖的 / 奶奶 / 。→ ____________
2) 爺爺 / 大眼睛 / 大耳朵 / 有 / 和 / 。→ ____________
3) 在 / 外公 / 住 / 現在 / 中國 / 。→ ____________
4) 的 / 外婆 / 圓圓的 / 臉 / 。→ ____________
5) 還 / 上學 / 小弟弟 / 沒有 / 。→ ____________
6) 頭髮 / 不長 / 姐姐 / 的 / 不短 / 也 / 。→ ____________

6 用所給詞語填空

哪　哪兒　誰　什麼　幾　多大　什麼樣

1) 你奶奶長 ________ ？

2) 你爸爸是 ________ 國人？

3) 你外婆叫 ________ 名字？

4) 你有 ________ 個兄弟姐妹？

5) 你今年 ________ 了？

6) 這個人是 ________ ？

7) 你爺爺住在 ________ ？

8) 你外公是 ________ 國人？

9) 你家有 ________ 口人？

10) 你今年上 ________ 年級？

7 閱讀理解

我叫王和，今年十一歲。我爸爸和媽媽都是中國人。我爺爺和奶奶也都是中國人。他們住在中國。我外公是英國人，外婆是中國人。他們現在住在美國。

我沒有兄弟姐妹。我們一家人現在住在英國。

回答問題：

1) 王和今年多大了？

2) 她爺爺和奶奶是中國人嗎？

3) 她爺爺和奶奶現在住在哪兒？

4) 她外公和外婆是哪國人？

5) 她外公和外婆現在住在哪兒？

6) 王和一家現在住在哪兒？

課文 2

8 抄生詞

xībānyá Spain	西	班	牙								
xībānyá rén Spanish (people)	西	班	牙	人							
éluósī Russia	俄	羅	斯								
éluósī rén Russian (people)	俄	羅	斯	人							
rìběn Japan	日	本									
rìběn rén Japanese (people)	日	本	人								
xīnjiāpō Singapore	新	加	坡								
xīnjiāpō rén Singaporean	新	加	坡	人							
tóngxué schoolmate	同	學									
yíbàn one half	一	半									
dúshēngnǚ only daughter	獨	生	女								
dúshēngzǐ only son	獨	生	子								
zài to be in, on or at	在										
yìqǐ together	一	起									
měi tiān every day	每	天									
dànshì but	但	是									

zhǎngdà grow up	長	大								
jiā a measure word	家									

9 填字母

1) 中國 ____ 2) 西班牙 ____ 3) 新加坡 ____ 4) 日本 ____ 5) 英國 ____

6) 法國 ____ 7) 俄羅斯 ____ 8) 德國 ____ 9) 美國 ____

10 寫時間

① 14 : 05

② 06 : 45

③ 10 : 30

④ 12 : 20

⑤ 15 : 15

⑥ 21 : 05

11 判斷正誤

☐ 1) 獨生女沒有兄弟姐妹。

☐ 2) 爸爸的媽媽是外婆。

☐ 3) 媽媽的爸爸是外公。

☐ 4) 16：00 是下午四點。

☐ 5) 十個一千是一萬。

☐ 6) 兩點半是兩點三十分。

☐ 7) 九月有三十一天。

☐ 8) 獨生子有哥哥和弟弟。

12 詞語歸類

中國　法國
英國　俄羅斯
美國　西班牙
德國　新加坡
日本

yà zhōu 亞洲 Asia	ōu zhōu 歐洲 Europe	běi měi zhōu 北美洲 North America
中國		

13 回答問題

1) 你叫什麼名字？

2) 你今年多大了？

3) 你今年上幾年級？

4) 你是哪國人？

5) 你在哪兒出生、長大？

6) 你長得高嗎？

7) 你長什麼樣？

8) 你家有幾口人？有誰？

9) 你們一家人現在住在哪兒？

10) 你爺爺是哪國人？他現在住在哪兒？

14 就所給偏旁部首寫出漢字及意思

1) 禾：和 and
2) 王：______ ______
3) 目：______ ______
4) 疒：______ ______
5) 彳：______ ______
6) 囗：______ ______
7) 矢：______ ______
8) 口：______ ______
9) 夕：______ ______
10) 月：______ ______

15 圈出不同類的詞

1) 同學　每天　今年
2) 德國　日本　獨生子
3) 長大　出生　英國
4) 胖　但是　圓
5) 一起　眼睛　鼻子
6) 小名　名字　對
7) 哥哥　姐姐　上午
8) 明天　耳朵　星期二

16 造句

① 出生：

② 長大：

③ 住：

④ 見：

⑤ 祝：

⑥ 有：

17 回答問題

1) 你叫什麼名字？
2) 你是哪國人？
3) 你有兄弟姐妹嗎？
4) 你有幾個好朋友？
5) 你的好朋友是獨生子／女嗎？
6) 你的好朋友是哪國人？
7) 你的好朋友長什麼樣？
8) 他／她有小名嗎？
9) 他／她今年多大了？上幾年級？
10) 你們每天都在一起嗎？

18 翻譯

① My friend is from Spain.

② He is half English and half Chinese.

③ She and her friends are together every day.

④ She is in grade 7.

⑤ He was born in Japan, but grew up in Singapore.

⑥ He is an only child.

⑦ His schoolmate is from Russia.

⑧ It is Sunday, 23rd November today.

19 閱讀理解

我的同學叫李美美。她的小名叫美美。她爸爸是西班牙人，媽媽是法國人。她是獨生女。她在英國出生、長大。他們一家人現在住在中國。

李美美今年十一歲，上七年級。她長得高高的、瘦瘦的。她有大眼睛、高鼻子和小嘴巴。她的頭髮長長的。我每天都和她在一起。

回答問題：

1) 李美美的小名叫什麼？

2) 她有兄弟姐妹嗎？

3) 她在哪兒出生？在哪兒長大？

4) 李美美一家人現在住在哪兒？

5) 她今年多大了？上幾年級？

6) 她長什麼樣？

7) 她的頭髮長嗎？

20 寫短文

Introduce your family members including your grandparents. You should include:

- your father's parents' nationality and the place they live now
- your mother's parents' nationality and the place they live now
- your parents' nationality
- whether you are an only child or not, and the place you were born and grew up

第八課　我會説漢語

課文 1

1 抄生詞

lǎoshī teacher	老	師								
huì can	會									
shuō speak	説									
yǔyán language	語	言								
wàiyǔ foreign language	外	語								
hànyǔ Chinese (language)	漢	語								
yīngyǔ English (language)	英	語								
fǎyǔ French (language)	法	語								
déyǔ German (language)	德	語								
éyǔ Russian (language)	俄	語								
rìyǔ Japanese (language)	日	語								
xībānyáyǔ Spanish (language)	西	班	牙	語						
gēn with	跟									
yìdiǎnr a bit; a little; some	一	點	兒							

2 模仿例子填空

1) 中國 中國人 漢語
2) 英國 ______ ______
3) 美國 ______ ______
4) 日本 ______ ______
5) 德國 ______ ______
6) 俄羅斯 ______ ______
7) 新加坡 ______ ______
8) 西班牙 ______ ______
9) 法國 ______ ______

3 寫偏旁部首

① seedling
② sickness
③ mountain
④ border
⑤ two people
⑥ father
⑦ eye
⑧ enclosure
⑨ grass
⑩ roof with chimney
⑪ arrow
⑫ rain
⑬ jade
⑭ sunset
⑮ flesh
⑯ silk

4 寫出帶點字的意思

1) 姐姐在奶奶家長大。(in; on; at)
2) 他在美國出生，在中國長大。(   )
3) 他在家跟爸爸説英語，跟媽媽説漢語。(   )
4) 他外公、外婆住在日本。(   )
5) 她們三個人每天都在一起。(   )

5 連詞成句

1) 英語／我／是／的／老師／美國人／。→ ____________

2) 外公／一點兒／會／我／法語／說／。→ ____________

3) 在家／爸爸／說／我／漢語／跟／。→ ____________

4) 漢語／新加坡人／英語／說／和／。→ ____________

5) 不／說／爺爺／會／漢語／。→ ____________

6) 王老師／還／俄語／會／說／。→ ____________

6 完成對話

1) A: ____________

B: 我是法國人。

2) A: ____________

B: 這個人是王老師。

3) A: ____________

B: 我會說英語和一點兒漢語。

4) A: ____________

B: 我在家說漢語。

5) A: ____________

B: 我在英國長大。

6) A: ____________

B: 他跟爸爸、媽媽說德語。

7 用所給詞語填空

上　有　祝　長　上學　住　出生

1) 我哥哥今年 ________ 九年級。

2) 他二〇〇四年 ________ 。

3) 我們 ________ 在法國。

4) 小妹妹還沒有 ________ 。

5) 你姐姐 ________ 什麼樣？

6) 他 ________ 大大的眼睛。

7) 弟弟 ________ 得胖胖的。

8) ________ 你生日快樂！

8 就劃線部分提問

1) 我的小名叫樂樂。（什麼）→ ______

2) 我在家説英語。（什麼）→ ______

3) 我有兩個姐妹。（幾）→ ______

4) 我爺爺今年七十五歲。（多大）→ ______

5) 我們一家人住在美國。（哪兒）→ ______

6) 她是日本人。（哪國人）→ ______

7) 他外公現在住在英國。（哪兒）→ ______

8) 他跟爺爺、奶奶説西班牙語。（誰）→ ______

9 閱讀理解

王家生是我的同學，也是我的好朋友。他今年十四歲。他一半是德國人，一半是法國人。他會説德語和法語。他在家跟爸爸説德語，跟媽媽説法語。他還會説一點兒漢語。他跟家人現在住在中國。我們兩個人每天都在一起。

回答問題：

1) 王家生多大了？

2) 他爸爸、媽媽是哪國人？

3) 他會説什麼語言？

4) 他跟媽媽説什麼語言？

5) 他現在住在哪兒？

課文 2

10 抄生詞

gōngzuò work	工	作								
máng busy	忙									
shàngbān go to work	上	班								
xiàbān get off work	下	班								
jīngcháng often	經	常								
chūchāi go on a business trip	出	差								
jiātíng zhǔfù housewife	家	庭	主	婦						
běijīng Beijing	北	京								
shànghǎi Shanghai	上	海								
qù go	去									

11 寫偏旁部首

① mouth

② stretching person

③ sun

④ white

⑤ standing person

⑥ female

⑦ speech

⑧ ritual

⑨ feeling

⑩ rain

⑪ long knife

⑫ sheep

12 寫出帶點字的意思

1) 我有一個姐姐，還有一個妹妹。(　　　　)

2) 我弟弟今年四歲，還沒有上學。(　　　　)

3) 我爸爸工作很忙，還經常出差。(　　　　)

4) 我媽媽經常去上海出差。(　　　　)

5) 現在差五分十點。(　　　　)

6) 哥哥有大眼睛、長頭髮。(　　　　)

7) 他長得高高的、瘦瘦的。(　　　　)

13 就所給偏旁部首寫出漢字及意思

1) 巾：師 teacher

2) ⻊：______ ______________

3) 𠂉：______ ______________

4) 广：______ ______________

5) 礻：______ ______________

6) 犭：______ ______________

7) 土：______ ______________

8) 言：______ ______________

14 連詞成句

1) 都／爸爸／忙／很／每天／。→ ______________________

2) 經常／上海／出差／去／媽媽／。→ ______________________

3) 奶奶／是／也／家庭主婦／我／。→ ______________________

4) 和／大學生／是／都／哥哥／姐姐／。→ ______________________

5) 我／一點兒／説／法語／會／。→ ______________________

6) 在／我們／一起／每天／都／。→ ______________________

15 翻譯

① Today is 14th September.

② It is Monday today.

③ It is 4:30 p.m. now.

④ She has big eyes and a small mouth.

⑤ My younger brother is 7 years old.

⑥ My dad is very busy every day.

16 改錯並寫出正確的句子

1) 我出生二〇〇一年。→ 我二〇〇一年出生。

2) 我們見明天下午三點半。→ ______

3) 這人是李阿姨。→ ______

4) 我是中學生和我今年上八年級。→ ______

5) 我說漢語跟爺爺、奶奶。→ ______

6) 爸爸上班每天早上八點。→ ______

7) 我今年是十二歲。→ ______

8) 他是一半新加坡人，一半英國人。

→ ______

17 組詞並寫出意思

1) 眼 睛 eye
2) 外 ☐
3) 中 ☐
4) ☐ 樂
5) ☐ 巴
6) ☐ 髮
7) ☐ 生
8) 名 ☐
9) ☐ 朵
10) 再 ☐
11) 什 ☐
12) 現 ☐
13) ☐ 午
14) 晚 ☐
15) 年 ☐

18 翻譯

① 我爸爸工作很忙。

② My mum doesn't work, but she is also very busy.

③ 我爸爸每天早上八點半上班。

④ I go to school at 7:30 every morning.

⑤ 王明的爸爸經常去上海出差。

⑥ Wang Ming's (王明) mother often goes on business trips to Beijing.

⑦ 她媽媽是家庭主婦。

⑧ My mum is not a housewife.

19 閱讀理解

高圓是中國人，但是她在英國出生。她是獨生女。她和爸爸、媽媽現在住在上海。

高圓的爸爸每天都很忙，還經常去外國出差。他經常去英國、法國和德國。她媽媽也工作。她是英語老師。她爸爸和媽媽都會説漢語和英語。

高圓也會説漢語和英語，她還會説一點兒西班牙語。她跟爸爸媽媽説漢語，跟同學説英語。

回答問題：

1) 高圓在哪兒出生？

2) 她有兄弟姐妹嗎？

3) 她爸爸經常去哪兒出差？

4) 她媽媽工作嗎？

5) 她媽媽做什麼工作？

6) 她爸爸、媽媽會説什麼語言？

7) 高圓會説法語嗎？

20 組詞並寫出意思

1) 老□ ______

2) 語□ ______

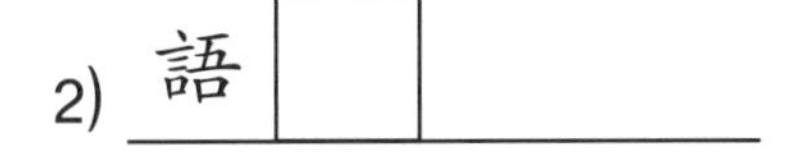

3) 工□ ______

4) □班 ______

5) 經□ ______

6) □差 ______

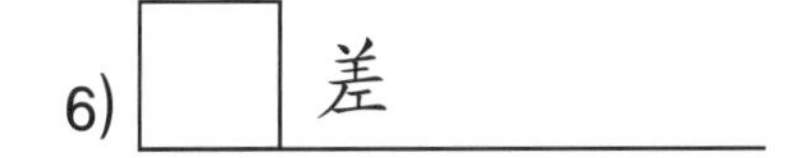

7) 同□ ______

8) 但□ ______

9) 每□ ______

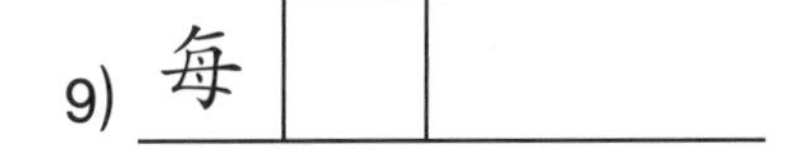

10) 一□ ______

11) 年□ ______

12) 再□ ______

13) 獨□□ ______

14) 名□ ______

15) 外□ ______

21 找出詞語並寫出意思

工	作	老	師	上
經	漢	英	德	班
常	法	語	言	外
一	百	同	公	婆
起	千	學	生	日

1) ______________ 6) ______________

2) ______________ 7) ______________

3) ______________ 8) ______________

4) ______________ 9) ______________

5) ______________ 10) ______________

22 造句

① 上班：

④ 住：

② 工作：

⑤ 長：

③ 說：

⑥ 有：

23 寫短文

Introduce your family. You should include:

- your parents' nationality and the language(s) they can speak
- your parents' jobs
- whether your parents are busy with their work
- whether they often go on business trips

第九課　我爸爸是醫生

課文 1

1 抄生詞

zuò do	做									
yīshēng doctor	醫	生								
yīyuàn hospital	醫	院								
shāngrén businessman	商	人								
gōngsī company	公	司								
lǜshī lawyer	律	師								
xuéxiào school	學	校								
suǒ a measure word	所									
jiāo teach	教									

2 組詞

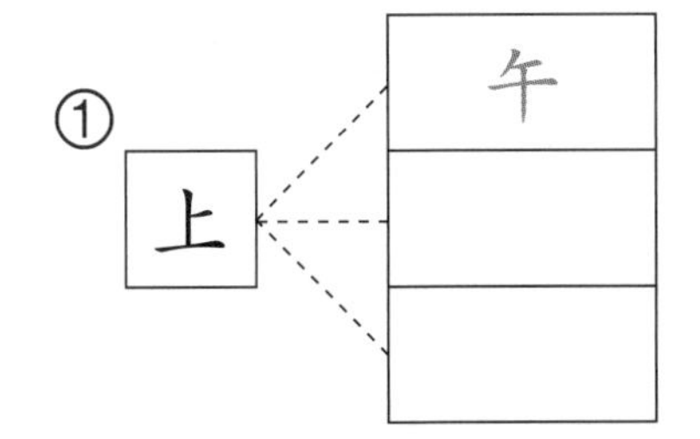

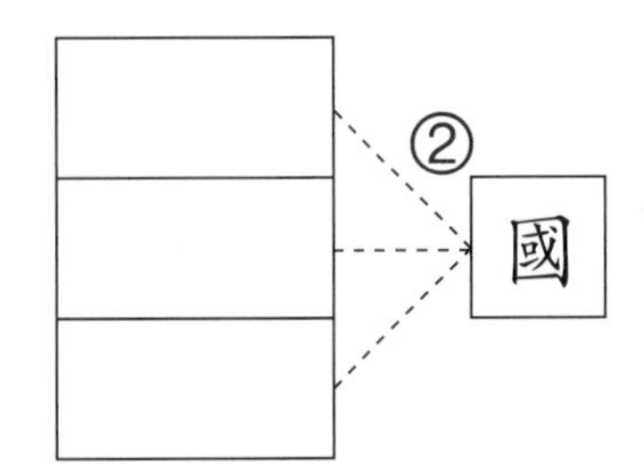

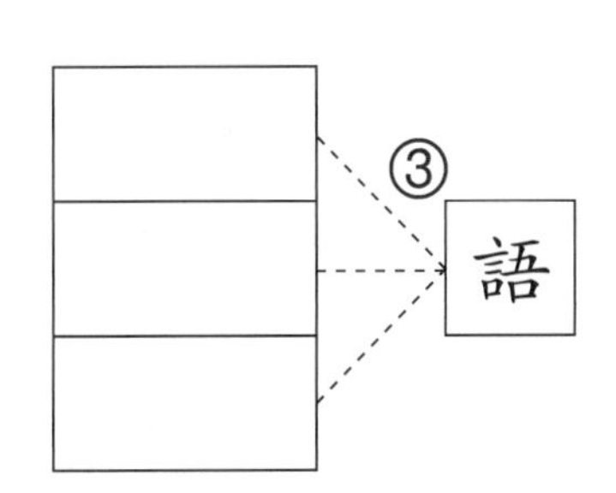

3 用所給詞語填空

個　口　家　所

1) 那 ___ 人是我的漢語老師。

2) 我有兩 ___ 弟弟。

3) 我家有四 ___ 人。

4) 他在一 ___ 德國公司工作。

5) 他爸爸在一 ___ 醫院工作。

6) 媽媽在一 ___ 學校工作。

7) 這 ___ 人是我的家庭醫生。

8) 我有三 ___ 好朋友。

4 模仿例子改寫句子

1) 他的眼睛大嗎？
→ 他的眼睛大不大？

2) 她長得胖嗎？
→

3) 他的頭髮短嗎？
→

4) 他長得高嗎？
→

5) 他爸爸工作忙嗎？
→

6) 你們學校大嗎？
→

5 配對

e 1) 你爸爸、媽媽都工作嗎？

☐ 2) 你會說漢語嗎？

☐ 3) 你有兄弟姐妹嗎？

☐ 4) 你爸爸做什麼工作？

☐ 5) 你媽媽在哪兒工作？

☐ 6) 你爸爸工作忙嗎？

a) 沒有，我是獨生女。

b) 她在一家英國公司工作。

c) 我會說一點兒。

d) 他每天都很忙。

e) 對，他們都工作。

f) 他是律師。

6 連線並寫出句子

你家住	在	家說什麼語言？
你		哪兒？
你姐姐		一家醫院工作。
我爸爸		哪兒出生？
她媽媽		一起。
我們每天都		一所中學教漢語。

1) ____________________

2) ____________________

3) ____________________

4) ____________________

5) ____________________

6) ____________________

7 就劃線部分提問

1) 我爸爸是商人。（什麼）→ ____________________

2) 他爸爸在一家醫院工作。（哪兒）→ ____________________

3) 我媽媽教漢語。（什麼）→ ____________________

4) 我跟朋友說英語。（誰）→ ____________________

5) 他爺爺是法國人。（哪國人）→ ____________________

6) 他在新加坡長大。（哪兒）→ ____________________

8 寫偏旁部首

① ☐ towel
② ☐ wood
③ ☐ arrow
④ ☐ foot
⑤ ☐ animal
⑥ ☐ seedling
⑦ ☐ sleeping person
⑧ ☐ soil
⑨ ☐ shelter
⑩ ☐ walk
⑪ ☐ border
⑫ ☐ ritual

9 閱讀理解

王英家有四口人：爸爸、媽媽、哥哥和她。他們一家人現在住在北京。

王英是中學生，今年上七年級。王英的哥哥在上海上大學。他今年上大學二年級。王英的爸爸、媽媽都工作。她爸爸是醫生，在一家醫院工作。她媽媽是老師，在一所小學教英語。她爸爸、媽媽工作都很忙，但是不常出差。

回答問題：

1) 王英有兄弟姐妹嗎？

2) 她現在住在哪兒？

3) 她哥哥在哪兒上大學？

4) 她爸爸、媽媽都工作嗎？

5) 她爸爸做什麼工作？

6) 她媽媽在哪兒工作？

7) 她爸爸、媽媽經常出差嗎？

10 寫短文

Write about yourself and your family members. You should include:

- your age, grade and nationality
- the language(s) you can speak and the language(s) you learn at school
- what job(s) your family members do and where they work

課文 2

11 抄生詞

yínháng bank	銀	行								
lǜshīháng law firm	律	師	行							
yínhángjiā banker	銀	行	家							
mìshū secretary	秘	書								
jīnglǐ manager	經	理								
jiǔdiàn hotel; restaurant	酒	店								
fàndiàn restaurant	飯	店								
fúwùyuán waiter; waitress	服	務	員							

12 用所給詞語填空

銀行　律師行　公司　酒店　飯店　學校　家　醫院

1) 老師在 ________ 工作。

2) 商人在 ________ 工作。

3) 律師在 ________ 工作。

4) 服務員在 ________ 工作。

5) 經理在 ________ 工作。

6) 學生在 ________ 上學。

7) 銀行家在 ________ 工作。

8) 秘書在 ________ 工作。

9) 醫生在 ________ 工作。

10) 家庭主婦在 ________ "工作"。

13 就所給偏旁部首寫出漢字及意思

1) 飠：飯 meal
2) 金：______ ______
3) 攵：______ ______
4) 又：______ ______
5) 言：______ ______
6) 羊：______ ______
7) 忄：______ ______
8) 彳：______ ______

14 寫出帶點字的意思

1) 我們一家人現在住在北京。（　　　）
2) 我在家跟爸爸、媽媽說英語。（　　　）
3) 我爸爸是銀行家。（　　　）
4) 我媽媽不工作。她是家庭主婦。（　　　）
5) 他爸爸在一家美國律師行工作。（　　　）

15 用所給詞語填空

出生	説	長	出差	教	做	見	叫	有	祝	上學	是

1) 你爸爸 ______ 什麼工作？
2) 爸爸經常去中國 ______。
3) 他 2001 年在英國 ______。
4) 媽媽在一所中學 ______ 漢語。
5) 你姐姐 ______ 什麼名字？
6) 我會 ______ 英語和一點兒漢語。
7) 我們明天下午幾點 ______？
8) ______ 你生日快樂！
9) 我妹妹 ______ 得胖胖的。
10) 她姐姐在法國 ______。
11) 他 ______ 獨生子。
12) 她家 ______ 六口人。

16 找出詞語並寫出意思

秘	服	務	員	律
書	銀	老	師	不
學	校	行	經	常
醫	生	日	家	酒
院	公	司	飯	店

1) ____________
2) ____________
3) ____________
4) ____________
5) ____________
6) ____________
7) ____________
8) ____________
9) ____________
10) ____________
11) ____________
12) ____________

17 翻譯

① 他爸爸在一家西班牙公司工作。

② Her dad works in a Japanese bank.

③ 她在一所大學教俄語。

④ He teaches Chinese in a secondary school.

⑤ 我爸爸會説漢語。

⑥ My mum can speak English and French.

⑦ 你媽媽工作忙不忙？

⑧ Is he tall or not?

18 組詞並寫出意思

1) 上□______　2) 醫□______　3) 律□______

4) □常______　5) □言______　6) □差______

7) □師______　8) 公□______　9) □校______

10) 酒□______　11) 銀□______　12) 工□______

13) □是______　14) 秘□______　15) 年□______

19 用所給詞語填空

個　口　所　家

1) 爸爸在一 ___ 學校教漢語。

2) 你家有幾 ___ 人？

3) 我家有三 ___ 人：爸爸、媽媽和我。

4) 我是一 ___ 獨生女。我沒有兄弟姐妹。

5) 哥哥是一 ___ 大學生。

6) 我有三 ___ 好朋友。

7) 爺爺在一 ___ 日本銀行工作。

8) 奶奶在一 ___ 酒店工作。她是經理。

20 圈出不同類的詞

1) 醫院　醫生　經常

2) 不常　銀行　律師行

3) 上班　工作　名字

4) 嘴巴　耳朵　年級

5) 名字　學生　老師

6) 中國　語言　美國

7) 每天　今天　出差

8) 再見　獨生女　獨生子

21 填空

1) 你爸爸 ______ 什麼工作？

2) 我爺爺、奶奶 ______ 在上海。

3) 姐姐在飯店 ______ 。

4) 媽媽每天早上八點 ______ 。

5) 我在美國 ______ 。

6) 我爸爸不常 ______ 。

7) 我妹妹會 ______ 英語和法語。

8) 弟弟 ______ 得很瘦。

22 翻譯

① My name is Jia Ming（家明）. I am from Britain. I can speak English, German and a little French.

我叫家明。我是英國人。我會説英語、德語和一點兒法語。

② My name is Tian Ying（田英）. I am from Germany. My dad is a doctor, and my mum is a teacher. Both of them are very busy every day.

____

____

③ My name is Ma Yue（馬月）. I am Chinese. I was born in Shanghai, but grew up in America. My dad is a lawyer, and my mum teaches Chinese at university.

____

____

④ My name is Wang Danian（王大年）. I am half French and half Russian. My dad works in a French company, and my mum is a doctor.

____

____

23 閱讀理解

王常是中國人。她是秘書，在一家律師行工作。她先生(xiān shēng)是醫生，在一家醫院工作。

王常有一個兒子(ěr zi)和兩個女兒(nǚ ér)。她兒子今年十歲，上小學五年級。她大女兒今年十九歲，在新加坡上大學。她二女兒今年十五歲，上中學三年級。

王常一家人現在住在北京。

回答問題：

1) 王常做什麼工作？

2) 她先生在哪兒工作？

3) 她家有幾口人？有誰？

4) 她兒子今年多大了？他是中學生嗎？

5) 她大女兒在哪兒上大學？

6) 王常一家現在住在哪兒？

24 寫短文

Interview your best friend and write about his / her family. You should include:

- your friend's name, age and nationality
- the place where he / she was born and grew up
- the language(s) he / she can speak
- who are in his / her family
- what his / her family members do and where they study or work
- the language(s) his / her family members speak at home

第七課

課文 1 外公 外婆 爺爺 奶奶 國 中國 中國人 美國 美國人 英國 英國人 法國 法國人 德國 德國人 住 在 哪 哪兒 他們 對

課文 2 西班牙 西班牙人 俄羅斯 俄羅斯人 日本 日本人 新加坡 新加坡人 同學 一半 獨生女 獨生子 在 一起 每天 但是 長大 一家人

第八課

課文 1 老師 會 説 語言 外語 漢語 英語 法語 德語 俄語 日語 西班牙語 跟 一點兒

課文 2 工作 忙 上班 下班 常 經常 出差 家庭主婦 北京 上海 去

第九課

課文 1 做 醫生 醫院 商人 公司 律師 學校 所 教

課文 2 銀行 律師行 銀行家 秘書 經理 酒店 飯 飯店 服務員

偏旁部首： 禾 目 矢 囗 彳 疒 艹 冂
巾 ⻊ ⺈ 广 木 走 犭 土
飠 舟 扌 ⺮ 釒 文 士 又

句型：

1) 我爺爺、奶奶住在美國。
2) 我們三個人每天都在一起。
3) 他在美國出生。
4) 我在家説漢語。
5) 我跟爸爸説英語。
6) 我會説一點兒西班牙語。
7) 他經常去上海出差。
8) 你爸爸工作忙嗎？
9) 你媽媽工作忙不忙？

問答：

1) 你是哪國人？　　我一半是中國人，一半是英國人。

2) 你現在住在哪兒？　　我住在北京。

3) 你在哪兒出生？　　我在美國出生，但是在中國長大。

4) 你會說什麼語言？　　我會說英語和一點兒漢語。

5) 你在家說什麼語言？　　我在家跟爸爸說英語，跟媽媽說法語。

6) 你爸爸做什麼工作？　　他是銀行家。

7) 你媽媽工作嗎？　　我媽媽工作。她是老師。

8) 你爸爸在哪兒工作？　　他在一家醫院工作。

9) 你爸爸工作忙嗎？　　他工作很忙。他還經常去上海出差。

第三單元　測　驗

1 寫偏旁部首

① ☐ arrow　② ☐ sickness　③ ☐ border　④ ☐ towel

⑤ ☐ animal　⑥ ☐ walk　⑦ ☐ food　⑧ ☐ foot

2 填空

1) 爸爸的爸爸是 ________。　2) 爸爸的媽媽是 ________。

3) 媽媽的爸爸是 ________。　4) 媽媽的媽媽是 ________。

3 填空

1) 美國人說 ________。　2) 俄羅斯人說 ________。

3) 中國人說 ________。　4) 新加坡人說 ________ 和 ________。

4 配對

☐ 1) 我在北京出生，　a) 也不常出差。

☐ 2) 我媽媽工作不忙，　b) 和一點兒西班牙語。

☐ 3) 我會說英語　c) 都是德國人。

☐ 4) 我的兩個好朋友　d) 但是在上海長大。

☐ 5) 她一半是德國人，　e) 跟奶奶說日語。

☐ 6) 我跟爺爺說漢語，　f) 一半是俄羅斯人。

☐ 7) 我爸爸是經理，　g) 晚上七點下班。

☐ 8) 外公早上九點上班，　h) 在一家美國公司工作。

5 連詞成句

1) 一起／我們／每天都／三個人／在／。→ ____________________

2) 一點兒／我／法語／説／會／。→ ____________________

3) 上海／我爸爸／去／經常／出差／。→ ____________________

4) 都／忙／媽媽／很／每天／。→ ____________________

5) 早上／外婆／上班／八點／每天／。→ ____________________

6) 律師行／外公／工作／在／一家／。→ ____________________

6 組詞

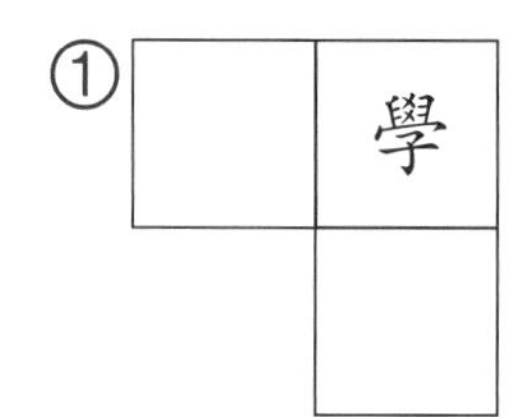

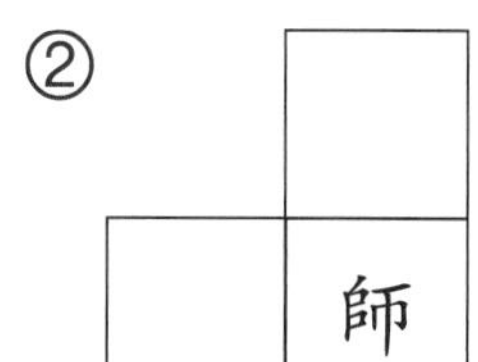

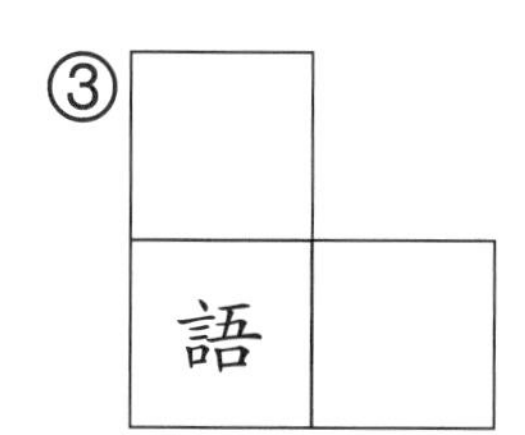

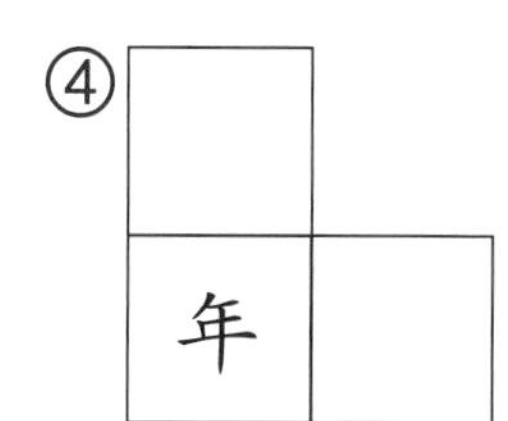

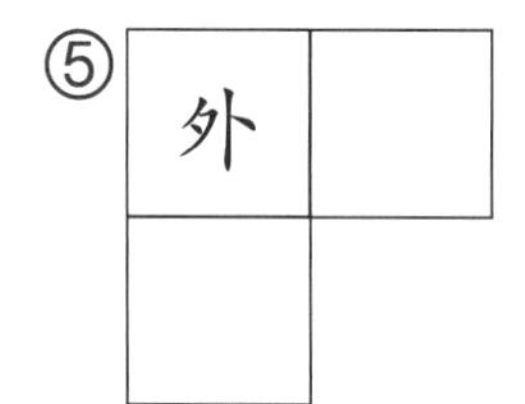

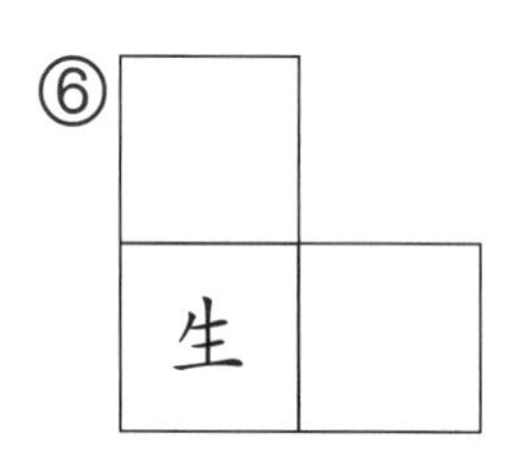

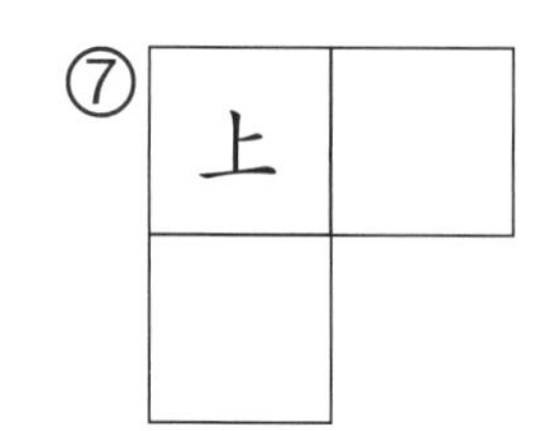

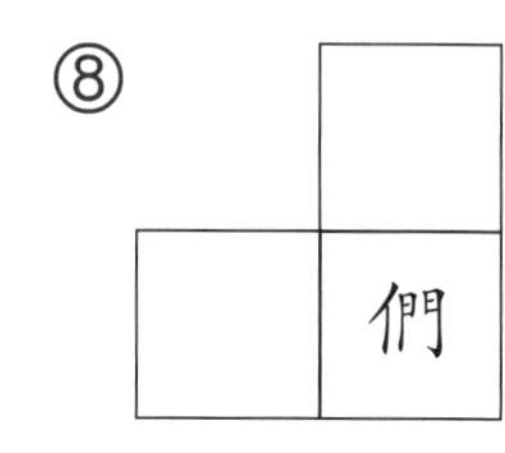

7 完成對話

1) A: ____________________

B: 我是日本人。

2) A: ____________________

B: 我會説英語和漢語。

3) A: ____________________

B: 我在北京出生。

4) A: 你們一家人現在住在哪兒？

B: ____________________

5) A: 你爸爸做什麼工作？

B: ____________________

6) A: 你爸爸工作忙不忙？

B: ____________________

8 找同類詞語填空

1) 中國 ________ ________

2) 醫院 ________ ________

3) 嘴巴 ________ ________

4) 漢語 ________ ________

5) 外婆 ________ ________

6) 服務員 ________ ________

9 寫出帶點字的意思

1) 我在家跟媽媽説漢語。(   )

2) 我媽媽在一家美國公司工作。(   )

3) 我小弟弟還沒上學。(   )

4) 我爸爸工作很忙，還經常出差。(   )

10 閱讀理解

我叫王同，上中學一年級。我家有爸爸、媽媽、兩個妹妹和我。我大妹妹今年八歲，上小學三年級。小妹妹今年六歲，上小學一年級。我們一家人現在住在新加坡。

我爸爸是商人。他每天都很忙，還經常出差。他常去上海、北京出差。我媽媽是家庭主婦。她不工作，但是每天也很忙。我跟爸爸、媽媽説漢語，但是跟兩個妹妹説英語。

回答問題：

1) 王同今年上幾年級？

2) 他家有幾口人？

3) 他有兄弟姐妹嗎？有幾個？

4) 他爸爸做什麼工作？

5) 他爸爸常去哪兒出差？

6) 他跟爸爸、媽媽説什麼語言？

11 造句

1) 出生　長大：

____

2) 忙　經常：

____

3) 在家　說：

____

4) 做　工作：

____

12 翻譯

① 我一半是中國人，一半是英國人。

② I am an only son. I am half Japanese and half Singaporean.

③ 我爸爸每天早上七點半上班。

④ My mum goes to work at 7:45 a.m. every morning.

⑤ 我爸爸是老師，在一所中學教英語。

⑥ My mum works as a lawyer at a Japanese company.

13 寫短文

Write about your family. You should include:

- your name, age, grade and nationality
- where you were born and where you grew up
- where your family lives now
- who are in your family
- what language(s) you speak at home
- what your parents do and where they work

第十課　我坐校車上學

課文 1

1 抄生詞

zuò travel by	坐									
xiào chē school bus	校	車								
diànchē tram	電	車								
gōnggòng qìchē public bus	公	共	汽	車						
chūzūchē taxi	出	租	車							
dìtiě subway	地	鐵								
zǒulù walk	走	路								
zěnme how	怎	麼								

2 用所給詞語填空

誰　什麼　什麼樣　怎麼　哪　哪兒　多大　幾

1) 你爸爸、媽媽是 ______ 國人？
2) 你今年上 ______ 年級？
3) 那個人是 ______ ？
4) 你爸爸做 ______ 工作？
5) 你妹妹長 ______ ？
6) 你每天 ______ 上學？
7) 你媽媽在 ______ 上班？
8) 你哥哥今年 ______ 了？
9) 你每天早上 ______ 點上學？
10) 你小弟弟今年 ______ 歲了？

3 選字組詞

院	員	校
家	行	店
師	書	理
人	生	

1) 醫 院
醫 ____

2) 律 ____
律 ____ ____

3) 銀 ____
銀 ____ ____

4) 飯 ____

5) 酒 ____

6) 經 ____

7) 學 ____

8) 秘 ____

9) 老 ____

10) 商 ____

11) 服務 ____

4 用所給詞語填空

上班　祝　坐　上學　長　住　説　去　出差　做

1) 小弟弟 ______ 得胖胖的。

2) 他會 ______ 一點兒漢語。

3) 他爸爸不常 ______。

4) 我每天都走路 ______。

5) 媽媽每天八點 ______。

6) ______ 你生日快樂！

7) 你爺爺 ______ 什麼工作？

8) 他 ______ 在上海。

9) 奶奶怎麼 ______ 美國？

10) 她每天都 ______ 校車上學。

5 寫拼音及意思

① dì tiě 地鐵 subway

② 公共汽車

③ 校車

④ 走路

⑤ 出租車

⑥ 電車

⑦ 酒店

⑧ 律師

⑨ 經理

⑩ 服務員

⑪ 醫院

⑫ 公司

6 連線並寫出句子

我爸爸是醫生。他	坐電車	去學校上班。
我媽媽是老師。她	坐地鐵	去公司上班。
我哥哥是服務員。他	坐出租車	去酒店上班。
我姐姐是秘書。她	坐校車	去學校。
我爺爺是銀行家。他	走路	去醫院上班。
我弟弟是小學生。他	坐公共汽車	去銀行上班。

1) ______________________________

2) ______________________________

3) ______________________________

4) ______________________________

5) ______________________________

6) ______________________________

7 寫偏旁部首

① ☐ food　② ☐ metal　③ ☐ animal　④ ☐ boat

⑤ ☐ writing　⑥ ☐ soil　⑦ ☐ hand　⑧ ☐ scholar

⑨ ☐ walk　⑩ ☐ bamboo　⑪ ☐ again　⑫ ☐ foot

⑬ ☐ sleeping person　⑭ ☐ shelter　⑮ ☐ wood　⑯ ☐ grass

8 用所給詞語回答問題

1) A: 你爸爸每天怎麼上班？

B: 他每天都坐出租車上班。

（出租車）

2) A: 你媽媽每天怎麼去公司？

B: ______

（電車）

3) A: 李經理怎麼去酒店？

B: ______

（地鐵）

4) A: 你姐姐每天怎麼上學？

B: ______

（公共汽車）

5) A: 你每天怎麼上學？

B: ______

（校車）

6) A: 你弟弟每天怎麼去學校？

B: ______

（走路）

9 翻譯

① My name is Wang Ming（王明）. I am twelve years old. I am in grade 7. My dad is a businessman. He works for an English company. He is very busy every day. He often goes on business trips to China, Japan and Singapore.

______

______

______

______

② My name is Li Tian（李田）. I am an only son. My dad is a doctor. He works in a hospital. My mum is a Chinese teacher. Both my dad and mum are very busy, but they seldom go on business trips. We all can speak Chinese and Engilsh.

______

______

______

______

課文 2

10 抄生詞

xiānggǎng Hong Kong	香	港									
guǎngzhōu Guangzhou	廣	州									
kāichē drive	開	車									
huǒchē train	火	車									
fēijī plane	飛	機									
chuán boat	船										
xiān..., ránhòu... first..., then...	先	......,	然	後	......						
yìbān usually	一	般									

11 回答問題

火車時刻表

	chū fā 出發 departure	dào dá 到達 arrival
北京→上海	08:00	14:00
北京→廣州	07:00	15:00
廣州→香港	14:00	16:00
上海→北京	09:00	19:30

1) A: 你們坐幾點的火車去上海？

B: ______________________

2) A: 你們坐七點的火車去廣州嗎？

B: ______________________

3) A: 你們坐幾點的火車去香港？

B: ______________________

4) A: 你們坐幾點的火車去北京？

B: ______________________

12 詞語歸類

飛機　地鐵

火車　校車

電車　出租車

公共汽車　船

在天上 in the sky	在地上 on the ground	在地下 underground	在水裏 in the water

13 連線並寫出句子

爸爸		坐船，		坐公共汽車	去學校。
媽媽		走路，		坐電車	去北京。
王律師	先	開車，	然後	坐火車	去公司。
李經理		坐出租車，		坐飛機	去醫院。
謝老師		坐地鐵，		走路	去英國。

1) ______________________________

2) ______________________________

3) ______________________________

4) ______________________________

5) ______________________________

14 寫偏旁部首及意思

① 歡　欠 owe

② 教 ______

③ 鐵 ______

④ 船 ______

⑤ 機 ______

⑥ 汽 ______

15 造句

① 不常：

② 經常：

③ 先……，然後……：

④ 一般：

⑤ 每天：

⑥ 晚上：

16 連線並寫出句子及意思

王醫生		坐校車上學。
馬律師	一般	坐飛機去北京。
田經理	每天都	坐火車去廣州。
高老師	經常	坐公共汽車去醫院。
我		坐地鐵去學校。

1) 王醫生一般坐公共汽車去醫院。 Doctor Wang usually takes the bus to the hospital.

2)

3)

4)

5)

17 填空

高大年今年十二 ___。他是英國人。他和爸爸、媽媽、姐姐 ___ 在新加坡。他 ___ 姐姐都是中學生。他們每天都坐校車上學。

高大年的爸爸 ___ 酒店的經理。他工作 ___ 忙。他星期六、星期天 ___ 工作。他每天都 ___ 出租車上班。

18 回答問題

1) 你今年多大了？

2) 你今年上幾年級？

3) 你每天怎麼上學？

4) 你有幾個兄弟姐妹？

5) 你爸爸工作忙嗎？他經常出差嗎？

6) 你媽媽工作嗎？她做什麼工作？在哪兒工作？

7) 你爺爺、奶奶是哪國人？他們住在哪兒？

19 圈出不同類的詞

1) 火車　飛機　飯店

2) 廣州　上班　上海

3) 走路　經理　服務員

4) 經常　地鐵　校車

5) 學校　公司　銀行家

6) 工作　上班　漢語

7) 奶奶　外婆　學生

8) 中午　沒有　晚上

20 翻譯

① He first takes the boat and then the school bus to school every day.

____

____

② Teacher Wang（王）usually takes the bus to school.

____

____

③ My mum first takes the tram and then walks to work every day.

____

____

④ Doctor Ma（馬）first goes to the bank and then goes to the hospital.

____

____

⑤ My dad often goes on business trips. He usually takes the plane to Hong Kong.

____

____

21 找出詞語並寫出意思

醫	生	老	秘	書
律	師	行	飛	機
外	銀	開	電	火
公	共	汽	車	校
司	律	老	教	書

1) ________________ 6) ________________

2) ________________ 7) ________________

3) ________________ 8) ________________

4) ________________ 9) ________________

5) ________________ 10) ________________

22 閱讀理解

王飛是中國人，現在在廣州工作。她是酒店經理。她每天都開車上班。她工作很忙，但是不常出差。

馬田是英國人。他是律師，在香港的一家律師行工作。他一般坐地鐵上班。他每天都很忙，還經常去上海出差。

謝言是美國人。他是銀行家，在北京的一家美國銀行工作。他每天都坐出租車上班。他經常去廣州出差。他一般坐火車去廣州。

回答問題：

1) 誰在酒店工作？

2) 誰經常出差？

3) 誰不常出差？

4) 誰開車上班？

5) 誰坐出租車上班？

6) 誰在香港工作？

7) 誰經常坐火車去廣州？

23 寫短文

Write about your family. You should include:

- who are in your family
- what each member does
- where your parents work
- when and how your parents go to work
- whether or not your parents often go on business trips and where and how they travel

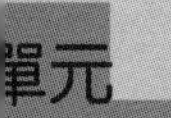

第十一課　我家住在大理路

課文 1

1 抄生詞

dào road	道									
shì room	室									
lái come	來									
hǎo OK	好									
diànhuà telephone	電	話								
hàomǎ number	號	碼								
duōshao how many; how much	多	少								
ba a particle	吧									

2 用所給詞語填空

嗎　呢　吧

1) 你爸爸工作 _____ ？
2) 他媽媽是醫生 _____ ？
3) 我上七年級。你 _____ ？
4) 好 _____ 。我們五點見！
5) 你也是中學生 _____ ？
6) 他爸爸也是律師 _____ ？
7) 好 _____ 。我坐火車去。
8) 我媽媽是老師。你媽媽 _____ ？
9) 我下午三點去你家，好 _____ ？

3 翻譯

A

2014 15th October Wednesday	二〇一四年十月十五日 星期三
2015 25th December Friday	______

B

10th November Monday 18:00	十一月十日 星期一 下午六點
21st August Sunday 15:30	______

4 連線並寫出句子

你朋友一家	住在	多少？
你家的電話號碼	長	哪國人？
你爺爺	是	哪兒？
你姐姐今年	上	什麼名字？
那個人	叫	什麼樣？
你哥哥		幾年級？

1) ______

2) ______

3) ______

4) ______

5) ______

6) ______

5 翻譯

①
Room 302
85 Shanghao（上好）Road
Shanghai
China

中國 上海
上好路 85 號
302 室

②
Room 819
235 Xingyue（星月）Road
Beijing
China

6 寫偏旁部首

① owe
② cave
③ ritual
④ square
⑤ clothes
⑥ food
⑦ stand
⑧ rice
⑨ boat
⑩ page
⑪ stone
⑫ writing

7 找出詞語並寫出意思

飛	機	出	生	醫
律	火	租	日	院
師	電	車	本	走
老	話	多	少	路
經	號	服	務	員
理	碼	銀	行	家

1) ______
2) ______
3) ______
4) ______
5) ______
6) ______
7) ______
8) ______
9) ______
10) ______
11) ______
12) ______

8 用所給詞語填空

都　也　還　在　和　跟

1) 我 ___ 上七年級。

2) 我爸爸、媽媽 ___ 工作。

3) 我 ___ 奶奶說漢語。

4) 我弟弟四歲了，___ 沒有上學。

5) 我 ___ 姐姐 ___ 是中學生。

6) 我們三個人每天都 ___ 一起。

9 閱讀理解

A 我叫王京。我家住在北京明星道20號201室。我家的電話號碼是63786432。我是律師。我每天早上八點上班。我一般開車上班。我工作很忙，經常去上海出差。

回答問題：

1) 王京住在哪兒？

2) 他家的電話號碼是多少？

3) 他做什麼工作？

4) 他經常去哪兒出差？

B 我叫馬東明。我是英國人，現在在北京工作。我是酒店經理。我們的酒店是五星級（wǔ xīng jí）酒店，叫星月酒店，在天星路256號。酒店的電話號碼是85792678。我每天都很忙，但不常出差。

1) 馬東明是哪國人？

2) 他在哪兒工作？

3) 星月酒店的電話號碼是多少？

4) 他工作忙不忙？

課文 2

10 抄生詞

huí jiā go or come home	回	家								
kěyǐ can; may	可	以								
jiē meet	接									
sòng see someone off	送									
shíhou time	時	候								
shǒujī mobile phone	手	機								
yíhuìr a little while	一	會	兒							

11 寫偏旁部首及意思

① 冷 冫 ice

② 采

③ 張

④ 加

⑤ 歷

⑥ 魚

⑦ 蛇

⑧ 閃

⑨ 着

12 圈出不同類的詞

1) 電話　手機　但是

2) 多少　小名　多大

3) 回家　上學　一家人

4) 接　送　也

5) 這　在　那

6) 都　還　他

13 用所給詞語填空

接	送	回家	坐	來	教	去	開車	做	出差

1) 你下午幾點 ______ 我家？
2) 爸爸一般 ______ 地鐵上班。
3) 田經理一般 ______ 上班。
4) 奶奶每天都 ______ 他回家。
5) 我今天晚上六點 ______ 。
6) 他工作很忙，還常常 ______ 。
7) 媽媽在我們學校 ______ 漢語。
8) 王律師明天 ______ 廣州出差。
9) 你爺爺 ______ 什麼工作？
10) 我媽媽晚上 ______ 你回家。

14 寫反義詞

下	送	矮	瘦	短	小	去	晚

1) 接→
2) 來→
3) 上→
4) 高→
5) 胖→
6) 長→
7) 大→
8) 早→

15 配對

□ 1) 你家住在哪兒？
□ 2) 你幾號來我家？
□ 3) 你下午四點來我家，好嗎？
□ 4) 你怎麼來我家？
□ 5) 你爸爸做什麼工作？
□ 6) 你媽媽工作忙嗎？
□ 7) 你每天怎麼上學？

a) 九號。
b) 星月道 85 號 302 室。
c) 不忙。
d) 律師。
e) 好吧。
f) 媽媽開車送我上學。
g) 坐公共汽車。

16 連詞成句

1) 什麼時候／你／回家／晚上／？→ ______________________

2) 接／下午／爸爸／我／開車／回家／。→ ______________________

3) 媽媽／我／送／上學／開車／早上／。→ ______________________

4) 住／我家／在／28 號／田中路／306 室／。→ ______________________

5) 你／下午／來／什麼時候／我家／？→ ______________________

6) 上班／田老師／一般／出租車／坐／。→ ______________________

17 翻譯

① Could you come to my home at 3 p.m.?

② My family lives at Room 203, No.109 Tian Zhong（天中）Road.

③ What is your home telephone number?

④ My mobile phone number is 62349801.

⑤ When are you coming home tonight?

⑥ See you in a little while.

⑦ My mum will drive me home this afternoon.

⑧ Could you please pick me up by car?

18 就劃線部分提問

1) 王經理明天去北京。（什麼時候）→ ____________________

2) 我的手機號碼是 95803581。（多少）→ ____________________

3) 媽媽一般坐出租車上班。（怎麼）→ ____________________

4) 我在美國出生、長大。（哪兒）→ ____________________

5) 他會說西班牙語和漢語。（什麼）→ ____________________

6) 我跟爺爺、奶奶說德語。（誰）→ ____________________

19 找出詞語並寫出意思

什	麼	時	候	可
一	會	兒	手	以
回	家	出	飛	機
地	商	人	租	開
鐵	醫	生	日	車

1) ____________________ 6) ____________________

2) ____________________ 7) ____________________

3) ____________________ 8) ____________________

4) ____________________ 9) ____________________

5) ____________________ 10) ____________________

20 造句

1) 先……，然後…… 坐校車：他先走路，然後坐校車上學。

2) 一般 走路：____________________

3) 送 學校：____________________

4) 可以 坐公共汽車：____________________

21 閱讀理解

我叫高京，今年八歲，上四年級。我家有四口人：爸爸、媽媽、妹妹和我。我爸爸、媽媽都工作。我爸爸是律師。他工作很忙，每天都很晚回家。我媽媽是經理。她工作也很忙。

我們一家人住在上海星月道189號306室。我和妹妹在同一所學校上學。爸爸每天早上送我們上學。媽媽下午四點開車接我們回家。

回答問題：

1) 高京有幾個兄弟姐妹？

2) 他爸爸、媽媽都工作嗎？

3) 他爸爸每天都很晚回家嗎？

4) 他家住哪兒？

5) 他妹妹在哪兒上學？

6) 他每天怎麼上學？

7) 他和妹妹每天怎麼回家？

22 寫時間

① 07：30	② 22：15	③ 10：05	④ 12：20
⑤ 14：55	⑥ 19：45	⑦ 08：00	⑧ 15：10

23 看圖完成句子

她是中國人。

她家有______

他們是______

④

他家有______

⑤

他們住在______

⑥

他是______

24 寫短文

Interview a friend and write up the conversation. You should ask:

- what your nationality is
- who are in your family
- where you live
- what your home telephone number is
- what your mobile phone number is
- how and when you go to school every day
- how and when you go home from school every day

第十二課　請進

課文 1

1 抄生詞

qǐng please	請									
jìn enter	進									
zuò sit	坐									
hē drink	喝									
qìshuǐ fizzy drinks	汽	水								
chī eat	吃									
shuǐguǒ fruit	水	果								
ba a particle	吧									
xiǎng want; would like	想									
bú kèqi you're welcome	不	客	氣							
duìbuqǐ I'm sorry; excuse me	對	不	起							
méi guānxi it doesn't matter; never mind	沒	關	係							
huì will	會									

2 寫偏旁部首

①	②	③	④
ice	claw	bow	strength
⑤	⑥	⑦	⑧
cliff	folding knife	insect	door
⑨	⑩	⑪	⑫
owe	square	stand	page

3 翻譯

① Please come in.

② I'm sorry.

③ Thank you!

④ Never mind.

⑤ You're welcome.

⑥ Please have some fruit.

4 用所給詞語填空

（一）點兒　一會兒

1) 爸爸會説 ________ 法語。

2) 我們 ________ 見。

3) 弟弟想喝 ________ 水。

4) 你想吃 ________ 什麼？

5) 媽媽今天會晚 ________ 來接我。

6) 我想吃 ________ 水果。

7) 我會説英語和 ________ 漢語。

8) 你今天晚上會早 ________ 回家嗎？

5 翻譯

① 我想早點兒回家。

② 你早點兒回家，可以嗎？

③ 你想吃點兒什麼？

④ 吃點兒水果吧！

⑤ 我今天會晚點兒回家。

⑥ 我今天會早點兒去接你。

⑦ 喝點兒汽水吧！

⑧ 我想喝點兒水。

6 連線並寫出句子

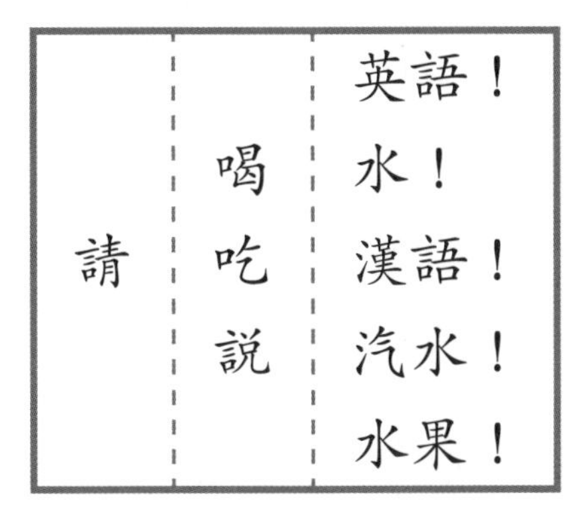

1) ________________

2) ________________

3) ________________

4) ________________

5) ________________

7 寫反義詞

1) 大→ ____　2) 高→ ____　3) 長→ ____　4) 胖→ ____

5) 上→ ____　6) 去→ ____　7) 早→ ____　8) 接→ ____

8 連詞成句

1) 早／會／我／點兒／明天／回家／。→ ____________________

2) 下班／媽媽／會／點兒／早／今天／。→ ____________________

3) 點兒／想／你／吃／什麼／？→ ____________________

4) 今天晚上／想／點兒／早／我／回家／。→ ____________________

5) 早上／媽媽／開車／上學／送／我／。→ ____________________

6) 大理路／住／在／38 號／我家／。→ ____________________

9 閱讀理解

我昨天下午去了王星的家。他家住在田中路 16 號 504 室。我先坐地鐵，然後走路去他家。他爸爸去北京出差了。他媽媽也不在家。他爺爺、奶奶在家。他們是中國人，不會説英語。他們跟我説漢語。他們跟我説“請進！”“請坐！”“請吃水果！”“請喝汽水！”

回答問題：

1) 他昨天下午去了哪兒？

2) 王星住在哪兒？

3) 他怎麼去王星的家？

4) 王星的爸爸去哪兒了？

5) 王星的媽媽在家嗎？

6) 王星的爺爺、奶奶説什麼語言？

課文 2

10 抄生詞

shūshu uncle; a form of address	叔	叔								
qǐngwèn excuse me; may I ask	請	問								
jiào call	叫									
děng yi děng wait a minute	等	一	等							
kāi hold	開									
shēngrì huì birthday party	生	日	會							
qǐng invite	請									
cānjiā take part in; join in	參	加								
néng can; may	能									
xíng be alright	行									
dào arrive; to	到									
yǐqián before	以	前								

11 就所給偏旁部首寫出漢字及意思

1) 飠：飯 meal

2) 舟：______ ______

3) 扌：______ ______

4) 攵：______ ______

5) 又：______ ______

6) 石：______ ______

7) 𧾷：______ ______

8) 辶：______ ______

12 寫出帶點字的意思

1) 爸爸明天會出差嗎？
( )

4) 他們都會說漢語和英語。
( )

2) 你會說西班牙語嗎？
( )

5) 我哥哥明年會去美國上大學。
( )

3) 你下午會來我家嗎？
( )

6) 媽媽今天下午會去廣州。
( )

13 用所給詞句填空

請進	請坐	請喝水	請吃水果
請問	再見	請等一等	不客氣

1) ________，王老師在家嗎？
Excuse me,

4) 你是王星的朋友吧？________！
Please come in!

2) 水果很好。________！
Please have some fruit!

5) ________，我去叫馬明。
Please wait,

3) ________！你想吃點兒什麼？
Please take a seat!

6) ________！你想吃水果嗎？
Please have some water!

14 回答問題

1) 你每年都開生日會嗎？

4) 你一般請誰參加你的生日會？

2) 你一般在哪兒開生日會？

5) 你今年會在哪兒開生日會？

3) 你一般請幾個朋友參加你的生日會？

6) 你會在飯店開生日會嗎？

15 翻譯

① 我不會說德語。

② 我們一會兒見！

③ 你會參加他的生日會嗎？

④ 你每年都開生日會嗎？

⑤ 我明天會去北京出差。

⑥ 我一會兒去朋友家。

16 連詞成句

1) 三點 / 來 / 以前 / 吧 / 我家 / 你 / ！→ ______

2) 每天都 / 回家 / 以前 / 四點 / 我 / 。→ ______

3) 六點 / 你 / 回家 / 以前 / 能 / 嗎 / ？→ ______

4) 在家 / 一點 / 媽媽 / 以前 / 。→ ______

5) 一般 / 八點 / 爸爸 / 去 / 以前 / 上班 / 。→ ______

17 組詞

1) 銀 ____	2) 一 ____	3) 商 ____	4) 經 ____	5) 回 ____
6) 再 ____	7) 汽 ____	8) 水 ____	9) 參 ____	10) 以 ____
11) 地 ____	12) 可 ____	13) 多 ____	14) 開 ____	15) 秘 ____

18 翻譯

① 你今天能早點兒回家嗎？

② I am not able to go home before 6 p.m.

③ 我想喝點兒水，可以嗎？

④ I would like to go home, may I?

⑤ 你能參加我的生日會嗎？

⑥ Are you able to come to my home at 7 p.m.?

⑦ 我想請你參加我的生日會。

⑧ I would like to invite your mum and dad to my home.

19 配對

☐ 1) 請問，田美在家嗎？

☐ 2) 你三點以前到我家，行嗎？

☐ 3) 我想請你參加我的生日會。

☐ 4) 你想吃點兒什麼？

☐ 5) 對不起，我不想喝汽水。

☐ 6) 你什麼時候開生日會？

a) 行。我們一會兒見！

b) 在。請等一等，我去叫她。

c) 我想吃水果。

d) 沒關係。你想喝什麼？

e) 謝謝你，但是我不能去。

f) 明天晚上七點。

20 找出詞語並寫出意思

公	共	汽	車	校
請	進	水	電	在
坐	問	以	回	家
八	前	出	參	加
點	兒	生	日	會

1) ____________
2) ____________
3) ____________
4) ____________
5) ____________
6) ____________
7) ____________
8) ____________
9) ____________
10) ____________
11) ____________
12) ____________

21 閱讀理解

昨天是我的生日。我在家開了生日會。我請了五個同學來我家。他們是：王英、田美、李明、馬田和謝常。他們下午三點到我家。我們一起吃了水果，喝了汽水。他們跟我說："祝你生日快樂！"下午五點，我媽媽開車送他們回家。

回答問題：

1) 他昨天在家做什麼？

2) 有幾個朋友來他家？

3) 他的朋友幾點到他家？

4) 他們一起吃了什麼？

5) 朋友們跟他說了什麼？

6) 他的朋友怎麼回家？

22 寫偏旁部首

① ornament ② vehicle ③ bow ④ corpse

⑤ cow ⑥ strength ⑦ household ⑧ fire

⑨ folding knife ⑩ small ⑪ horse ⑫ sun

23 配對

☐ 1) 你想喝點兒什麼？	a) 好。你怎麼回家？
☐ 2) 我想早點兒回家。	b) 他不在。他在公司。
☐ 3) 你怎麼來我家？	c) 她在，我去叫她。
☐ 4) 你爸爸在家嗎？	d) 汽水。謝謝！
☐ 5) 我幾點去你家？	e) 對不起，我不能參加。
☐ 6) 你姐姐在家嗎？	f) 在學校見，好嗎？
☐ 7) 我們明天在哪兒見？	g) 我可以坐地鐵去你家。
☐ 8) 我想請你參加我的生日會。	h) 下午三點以前到我家，行嗎？

24 寫短文

You are calling your friend to invite him / her to your birthday party. Write up the conversation. You should:

- tell him / her the date and place of your birthday party
- invite him / her to come to your party
- ask whether he / she can come at 3 p.m.
- tell him / her the party address
- ask how he / she is going to come to your party
- ask how he / she is going home from the party

第四單元　複　習

第十課

課文 1　坐　校車　電車　公共　公共汽車　出租車　地鐵　走路　怎麼

課文 2　香港　廣州　開車　火車　飛機　船　先……，然後……　一般

第十一課

課文 1　道　室　來　好　電話　號　號碼　電話號碼　多　少　多少　吧

課文 2　回家　可以　接　送　時候　手機　一會兒

第十二課

課文 1　請　進　坐　喝　水　汽水　吃　水果　吧　想　不客氣　對不起　沒關係　會

課文 2　叔叔　問　請問　叫　等　開　生日會　請　參加　能　行　到　以前

偏旁部首：欠　方　立　頁　穴　衤　米　石

冫　罒　弓　力　厂　夕　虫　門

彡　尸　户　⺌　車　牛　火　馬

句型：

1) 我坐校車上學。

2) 我家住在大理路 19 號。

3) 好吧。

4) 我爸爸接我回家。

5) 你下午什麼時候來我家？

6) 請進！

7) 吃水果吧！

8) 我想早點兒回家。

9) 請等一等，我去叫他。

10) 我明天在家開生日會。

11) 你能來嗎？

12) 我去小月家，行嗎？

13) 下午三點以前到我家，行嗎？

問答：

1) 你爸爸怎麼上班？　他每天都坐地鐵上班。

2) 你媽媽怎麼上班？　她每天都開車上班。

3) 你怎麼上學？　我每天都坐校車上學。

4) 你家的電話號碼是多少？　92472850。

5) 你幾點來我家？　下午四點，好嗎？

6) 我什麼時候去你家？　上午十點，可以嗎？

7) 你下午三點以前來我家，行嗎？　行。我們一會兒見！

8) 我怎麼去你家？　你可以走路來我家。

9) 你怎麼回家？　我媽媽會開車來接我。

10) 你家住在哪兒？　大理路 19 號。

11) 請進！請坐！　謝謝！

12) 你想喝點兒什麼？　我想喝汽水。

13) 請問，小明在家嗎？　在。請等一等，我去叫他。

14) 謝謝！　不客氣。

15) 對不起，我想早點兒回家。　没關係。你想幾點回家？

16) 我明天在家開生日會。你能來嗎？　我能去。

第四單元 測驗

1 寫偏旁部首

① ☐ owe ② ☐ stand ③ ☐ page ④ ☐ claw

⑤ ☐ cliff ⑥ ☐ insect ⑦ ☐ strength ⑧ ☐ cow

2 用所給詞語填空

嗎　呢　吧

1) 吃點兒水果 ______ ！
2) 你媽媽工作 ______ ？
3) 我上七年級。你 ______ ？
4) 你也上七年級 ______ ？
5) 你下午三點來我家，行 ______ ？
6) 你六點回家，可以 ______ ？
7) 你是中學生 ______ ？
8) 好 ______ 。我走路去。

3 寫反義詞

送　短　早
上　去　高
那　胖　大

1) 來→ ____　2) 接→ ____　3) 長→ ____
4) 瘦→ ____　5) 矮→ ____　6) 晚→ ____
7) 下→ ____　8) 這→ ____　9) 小→ ____

4 連詞成句

1) 地鐵／他／每天／坐／上班／都／。→ ________________
2) 開車／每天／上班／都／爸爸／。→ ________________
3) 船／坐／七點／廣州／的／去／我／。→ ________________
4) 可以／明天／走路／你／我家／來／。→ ________________
5) 來／媽媽／接／開車／我／會／。→ ________________

5 用所給詞語填空

坐	來	送	吃	參加	開	叫	做

1) 我媽媽會開車 ________ 我去。
2) 我會在家 ________ 生日會。
3) 你媽媽 ________ 什麼工作？
4) 請等一等，我去 ________ 他。
5) 你想 ________ 點兒什麼？
6) 爸爸一般 ________ 飛機去北京。
7) 你明天幾點 ________ 公司？
8) 我請你 ________ 我的生日會。

6 完成對話

1) A: 你的手機號碼是多少？
   B: ____________________
2) A: 我下午三點以前到你家，行嗎？
   B: ____________________
3) A: 你什麼時候去上班？
   B: ____________________
4) A: ____________________
   B: 我走路上學。
5) A: ____________________
   B: 我想喝汽水。
6) A: ____________________
   B: 我家住在星月道 20 號。

7 配對

☐ 1) 爺爺每個星期六都坐
☐ 2) 田阿姨每天早上先走路，
☐ 3) 馬叔叔家住在
☐ 4) 你星期五下午來我家，
☐ 5) 我想早點兒
☐ 6) 我想請你和你姐姐

a) 大理路 227 號 501 室。
b) 去外婆家吃飯。
c) 早上八點的火車去廣州。
d) 來參加我的生日會。
e) 然後坐電車去公司。
f) 行嗎？

8 找同類詞語填空

1) 老師 ________ ________　　4) 出租車 ________ ________

2) 廣州 ________ ________　　5) 對不起 ________ ________

3) 怎麼 ________ ________　　6) 進 ________ ________

9 寫出帶點字的意思

1) 媽媽晚上會來接我回家。(　　　　　)

2) 我會説漢語和英語。(　　　　　)

3) 王老師好！請進！(　　　　　)

4) 我想請十個朋友參加我的生日會。(　　　　　)(　　　　　)

10 閲讀理解

我叫田路。我爸爸是中國人，媽媽是美國人。我媽媽會説英語和一點兒漢語。我在家跟媽媽説英語，跟爸爸説漢語。我有一個妹妹。我們在同一所學校上學。

我們一家人現在住在北京。我們住在上水路 126 號。每天早上媽媽先開車送我和妹妹上學，然後去公司上班。下午我和妹妹一起走路回家。爸爸每天坐地鐵上下班。

這個星期日是我的生日。我會請十個朋友來我家參加我的生日會。

回答問題：

1) 田路的媽媽會説什麼語言？

2) 他有幾個兄弟姐妹？

3) 他家住在哪兒？

4) 他每天早上怎麼上學？

5) 他爸爸每天怎麼上班？

6) 他今年會在哪兒開生日會？

11 造句

① 先……，然後……：

② 多少：

③ 什麼時候：

④ 請　參加：

12 翻譯

① 爸爸明天會坐火車去上海。

② Grandpa will take the plane to Beijing on Friday.

③ 他在。請等一等，我去叫他。

④ Sorry, my dad is not at home.

⑤ 他家住在大理路68號301室。

⑥ We live at No.10 Da Xing（大星）Road in Guangzhou.

13 寫短文

Write about yourself and your family. You should include:

- who are in your family and their nationalities
- where your family lives
- what jobs your parents do and how they go to work
- how you go to school every day
- what language(s) your family members speak
- what language(s) you speak at home

第十三課　我六點半起牀

課文 1

1 抄生詞

qǐchuáng get out of bed	起	牀								
zǎofàn breakfast	早	飯								
wǔfàn lunch	午	飯								
wǎnfàn dinner	晚	飯								
kāishǐ start	開	始								
shàngkè attend a class	上	課								
fàngxué school is over	放	學								
zuò zuòyè do homework	做	作	業							
shuìjiào sleep	睡	覺								

2 寫反義詞

睡覺	去	出
放學	後	那
下午	瘦	大
晚上	短	

1) 來→ ______　2) 先→ ______　3) 早上→ ______

4) 進→ ______　5) 這→ ______　6) 上午→ ______

7) 長→ ______　8) 小→ ______　9) 起牀→ ______

10) 胖→ ______　11) 上學→ ______

3 看圖寫句子

② 

③ 

她一般早上六點半起牀。

④ 

⑤ 

⑥ 

⑧ 

⑨ 

⑩ 

⑪ 

4 圈出不同類的詞

1) 請坐　請進　開車

2) 起牀　中午　睡覺

3) 地鐵　早飯　晚飯

4) 放學　上學　水果

5) 對不起　沒關係　生日會

6) 可以　能　回家

7) 怎麼　飛機　火車

8) 接　送　作業

5 組詞

① 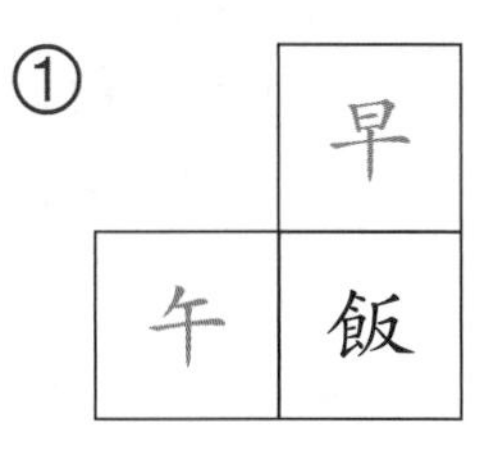

② 

③ 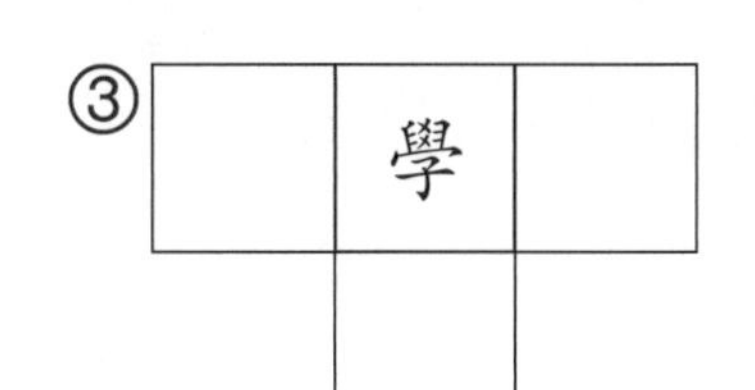

④ 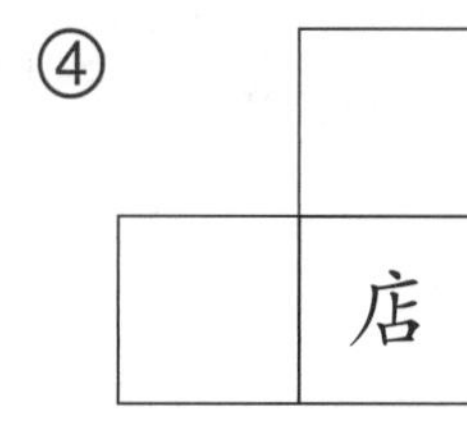

⑤ 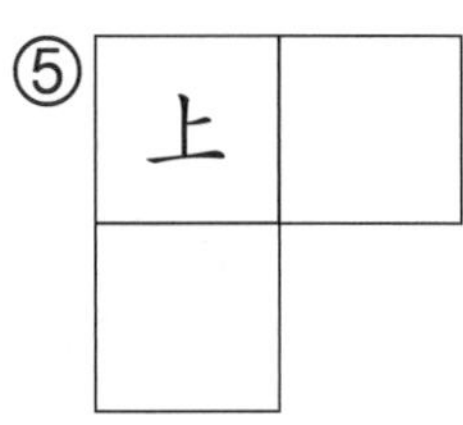

⑥ 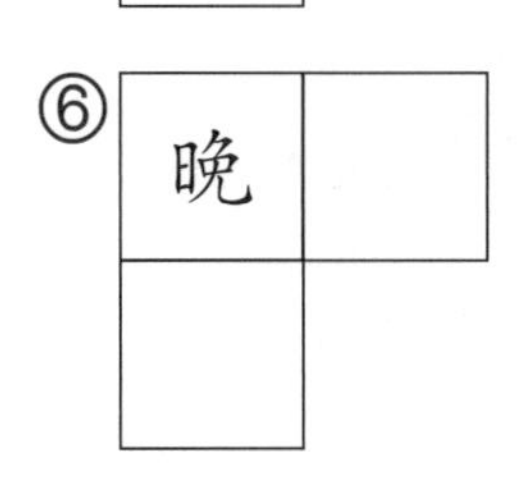

⑦ 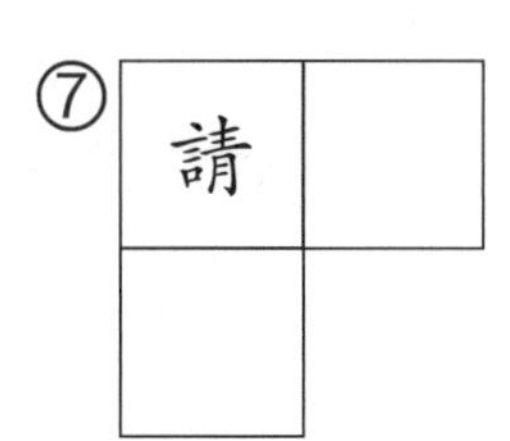

⑧ 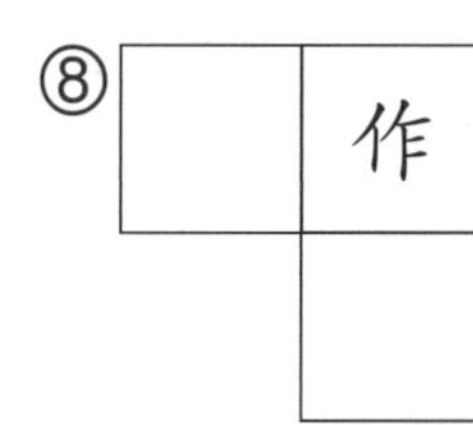

6 完成對話

1) A: ______________________

B: 我早上六點一刻起牀。

2) A: ______________________

B: 我一般坐校車上學。

3) A: ______________________

B: 我一般在學校吃午飯。

4) A: ______________________

B: 我媽媽開車接我回家。

5) A: ______________________

B: 我晚上七點開始做作業。

6) A: ______________________

B: 我每天晚上十點睡覺。

7 根据實際情況填空

我今年 _____ 歲，上 _____ 年級。我一般早上 _____ 點起牀，_____ 點吃早飯，_____ 點 _____ 上學。我們學校 _____ 點開始上課。我們 _____ 點吃午飯，下午 _____ 點開始上課。我們下午 _____ 點放學。我 _____ 回家。我 _____ 點開始做作業。我一般 _____ 點睡覺。

8 翻譯

① 我每天六點以前吃晚飯。

② My elder brother comes home before 6 p.m. every evening.

③ 我一般先吃晚飯，然後做作業。

④ Dad normally eats fruits before dinner.

⑤ 我五歲開始學漢語。

⑥ My little sister started walking at the age of one.

9 閱讀理解

王明是中學生，今年十二歲，上中學二年級。

他每天早上六點起牀，然後吃早飯。他七點坐校車上學。他們早上八點開始上課。他每天中午在學校吃午飯。他們一點十分吃午飯。他們下午三點十分放學。他坐校車回家。他一般四點一刻到家。他每天都有作業。他一般五點開始做作業。他家每天七點吃晚飯。他一般九點半睡覺。

回答問題：

1) 王明是中學生嗎？

2) 他每天都吃早飯嗎？

3) 他怎麼上學？

4) 他什麼時候吃午飯？

5) 他幾點開始做作業？

6) 他一般幾點睡覺？

課文 2

10 抄生詞

cóng...dào... from…to…	從	……	到	……						
língshí snacks	零	食								
kàn shū read a book	看	書								
kàn diànshì watch TV	看	電	視							
shàngwǎng go on the Internet	上	網								
yǐhòu after	以	後								
shuāyá brush teeth	刷	牙								

11 連線並寫出句子

放學以後，我先 [看 / 上 / 睡] 一會兒 [網，/ 覺，/ 書，/ 電視，] 然後 [做作業。/ 吃晚飯。/ 吃零食。/ 吃水果。]

1) ______

2) ______

3) ______

4) ______

12 寫反義詞

1) 出→ ______　2) 下午→ ______　3) 後→ ______

4) 晚→ ______　5) 睡覺→ ______　6) 放學→ ______

13 回答問題

1) 從星期一到星期五，你早上幾點起牀？

2) 你一般幾點吃早飯？

3) 你幾點上學？

4) 你怎麼上學？

5) 你們幾點開始上課？

6) 你一般幾點吃午飯？

7) 你們下午幾點放學？

8) 你一般幾點到家？

9) 到家以後，你一般先做什麼？

10) 晚飯以後，你一般做什麼？

14 就所給偏旁部首寫出漢字及意思

1) 方：放 let out

2) 广：______ ______

3) 飠：______ ______

4) ⺌：______ ______

5) 門：______ ______

6) 厶：______ ______

7) ⺮：______ ______

8) 匚：______ ______

15 完成句子

1) 起牀以後，我先吃早飯，然後坐校車上學。

2) 下午放學以後，我______

3) 晚上下班以後，我爸爸______

4) 晚上到家以後，我媽媽______

5) 晚飯以後，我______

16 連線並寫出句子

從	星期一	到	二月十二日，	我在學校吃午飯。
	中午一點		六點，	我在家做作業。
	下午五點		下午三點，	我在家看電視。
	二月七日		兩點，	我每天早上七點上學。
	早上八點		晚上八點半，	我在學校上課。
	晚上七點		星期五，	爸爸去北京出差。

1) ______

2) ______

3) ______

4) ______

5) ______

6) ______

17 寫拼音及意思

① 星期天 (xīng qī tiān) Sunday	② 現在 ______	③ 昨天 ______
④ 快樂 ______	⑤ 沒有 ______	⑥ 大學生 ______
⑦ 頭髮 ______	⑧ 哪兒 ______	⑨ 他們 ______
⑩ 一起 ______	⑪ 每天 ______	⑫ 同學 ______
⑬ 獨生女 ______	⑭ 但是 ______	⑮ 一點兒 ______

18 看圖寫短文

王歡

十二歲　八年級
語言：英語、漢語
上學：坐校車
放學：坐同學媽媽的車

爺爺

五十九歲　經理
工作：在酒店　很忙
上班：早上九點
下班：很晚
喜歡：看書

外公

英國人（在英國出生，在美國長大）
六十歲，不工作
語言：英語、法語、一點兒漢語

爸爸

中國人
三十六歲　律師
工作：在律師行
很忙　經常出差
上班：開車

1) 他叫王歡。他今年 ____________________

____

2) ____________________

____

3) ____________________

____

4) ____________________

____

19 閱讀理解

我叫加加，今年十二歲，上八年級。我星期六一般八點半起牀。起牀以後我先吃早飯，然後看一會兒電視。上午十點，我去謝老師家上漢語課。我坐地鐵去她家。十一點半，我坐地鐵回家。我一般十二點半吃午飯。午飯以後，我先做一會兒作業，然後上網、看書。下午我有時候請朋友來我家。我一般晚上十點睡覺。

回答問題：

1) 加加星期六一般幾點起牀？

2) 她起牀以後先做什麼？

3) 她幾點去上漢語課？

4) 她在哪兒上漢語課？

5) 她午飯以後做什麼？

6) 她週末會請誰去她家？

20 造句

1) 從……到……　開車：

2) 晚飯　開始：

3) 以後　看電視：

4) 到家　上網：

21 連詞成句

1) 一般／七點／我們家／晚飯／吃／。→ ______

2) 爸爸／開車／早上／我／上學／送／。→ ______

3) 三點半／放學／我們／下午／。→ ______

4) 住／我家／星月道／在／85號／。→ ______

5) 開／在家／我／明天／生日會／。→ ______

6) 請／參加／我／你／我的生日會／。→ ______

7) 回家／我／點兒／想／早／。→ ______

8) 以後，／我／看／晚飯／一會兒／電視／。

→ ______

22 寫短文

Write about what you normally do on Saturdays. You should include:

- 什麼時候起牀
- 幾點吃早飯
- 上午做什麼
- 幾點吃午飯
- 下午做什麼
- 幾點吃晚飯
- 晚上做什麼
- 幾點睡覺

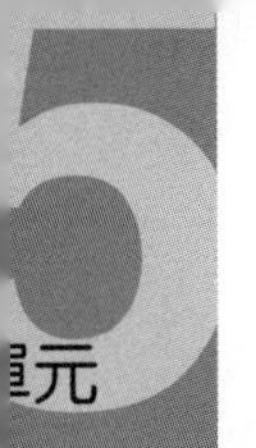

第十四課　我穿校服上學

課文 1

1 抄生詞

nánshēng boy student	男	生								
nǚshēng girl student	女	生								
yánsè colour	顏	色								
báisè white	白	色								
hóngsè red	紅	色								
lánsè blue	藍	色								
huángsè yellow	黃	色								
xǐhuan like	喜	歡								
xiàofú school uniform	校	服								
chuān wear	穿									
chènshān shirt	襯	衫								
kùzi trousers	褲	子								
qúnzi skirt	裙	子								
tāmen they; them	她	們								

2 填色

① 

白色的船

② 

紅色的出租車

③ 

黃色的裙子

④ 

藍色的地鐵

⑤ 

黃色的褲子

⑥ 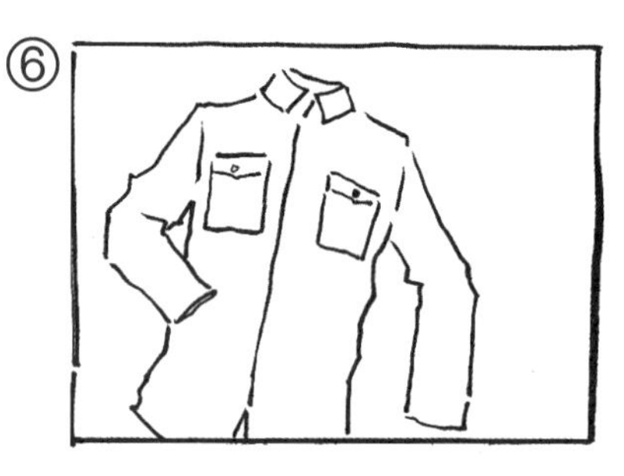

紅色的襯衫

3 圈出不同類的詞

1) 襯衫　顏色　褲子
2) 黃色　藍色　上網
3) 穿　襯衫　校服
4) 零食　看書　做作業
5) 放學　睡覺　白色
6) 手機　校車　電車
7) 水果　叔叔　阿姨
8) 男生　開始　女生

4 回答問題

1) 你穿校服上學嗎？
2) 你的校服什麼顏色？
3) 你們學校男生的校服什麼樣？
4) 你們學校女生的校服什麼樣？
5) 你們學校的校車什麼顏色？
6) 你喜歡什麼顏色？

5 寫偏旁部首及意思

① 滙 ________

② 所 ________

③ 參 ________

④ 分 ________

⑤ 外 ________

⑥ 衫 ________

⑦ 等 ________

⑧ 粉 ________

⑨ 短 ________

6 閱讀理解

我叫大生，今年上中學一年級。我姐姐叫小月，今年上中學三年級。我們每天都穿校服上學。

我們學校的男生穿白襯衫、藍褲子。女生穿黃襯衫、紅裙子。我們學校的男生喜歡穿校服，但是女生不喜歡校服的顏色。我們學校的校車是白色的。我不喜歡校車的顏色，但是我姐姐很喜歡。

回答問題：

1) 大生今年上幾年級？他姐姐呢？

2) 他們穿校服上學嗎？

3) 大生穿什麼校服？

4) 他喜歡他們學校的校服嗎？

5) 女生為什麼不喜歡她們的校服？

6) 他們的校車是什麼顏色的？

7) 大生喜歡校車的顏色嗎？他姐姐呢？

7 翻譯

① 媽媽穿襯衫和裙子上班。

② Dad wears shirts and trousers to work every day.

③ 我不喜歡校服的顏色。

④ My younger brother doesn't like his school uniform.

⑤ 我從四點到五點做作業。

⑥ I watch TV from 6:00 p.m. to 7:00 p.m.

⑦ 每天回家以後爸爸都看一會兒電視。

⑧ I go on the Internet for a while after coming home.

8 設計並描述校服

這所學校的女生穿

課文 2

9 抄生詞

hēisè black	黑	色									
lǜsè green	綠	色									
chéngsè orange	橙	色									
zōngsè brown	棕	色									
fěnsè pink	粉	色									
zǐsè purple	紫	色									
yīfu clothes	衣	服									
máoyī sweater	毛	衣									
chángkù trousers	長	褲									
duǎnkù shorts	短	褲									
T xù shān T-shirt	T	恤	衫								
niúzǎikù jeans	牛	仔	褲								
liányīqún dress	連	衣	裙								
děngděng etc.	等	等									

10 看圖寫詞

T恤衫

② 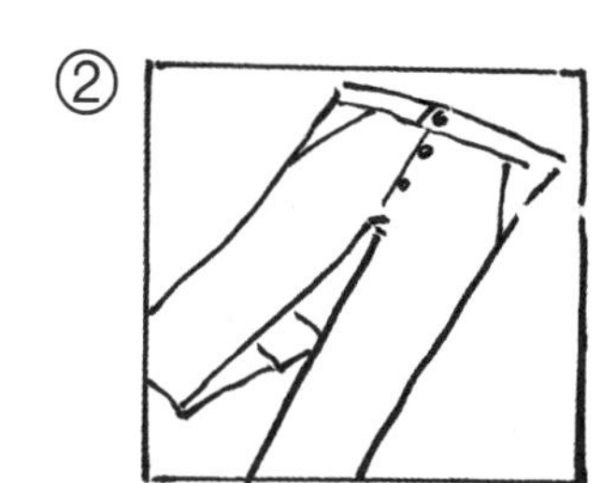

③ 

④ 

⑤ 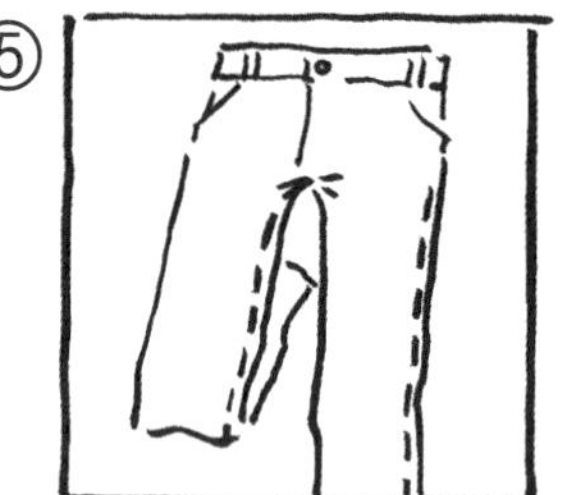

⑥ 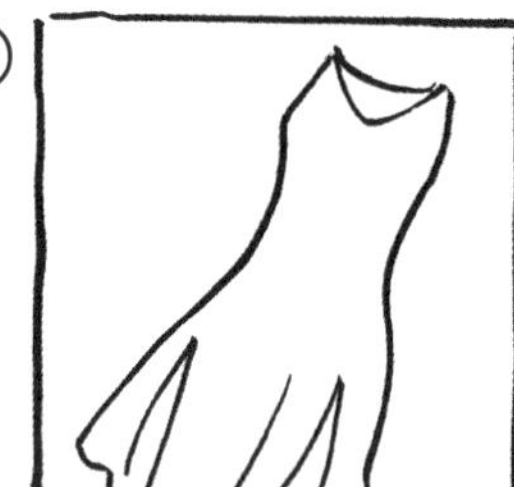

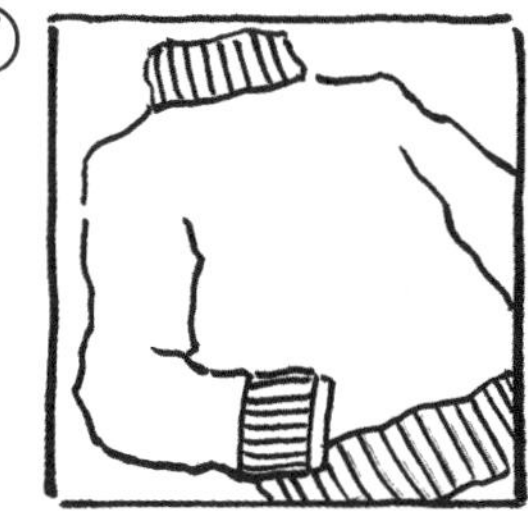

11 連詞成句

1) 上班／爸爸／襯衫／和／穿／長褲／。→ ________________

2) 校服／我／上學／每天／穿／都／。→ ________________

3) 校服／的／我們／學生／學校／穿／。→ ________________

4) 白襯衫／男生／藍褲子／穿／和／。→ ________________

5) T恤衫／弟弟／和／穿／短褲／喜歡／。→ ________________

6) 喜歡／顏色／我／的／校服／。→ ________________

12 翻譯

① 我在學校有很多朋友，有中國人、美國人、英國人、日本人等等。

② 妹妹有很多連衣裙，有紅色的、藍色的、紫色的、橙色的等等。

③ 我有很多衣服，有T恤衫、襯衫、長褲、短褲等等。

④ 姐姐有很多裙子，有長裙、短裙和連衣裙。

13 組詞

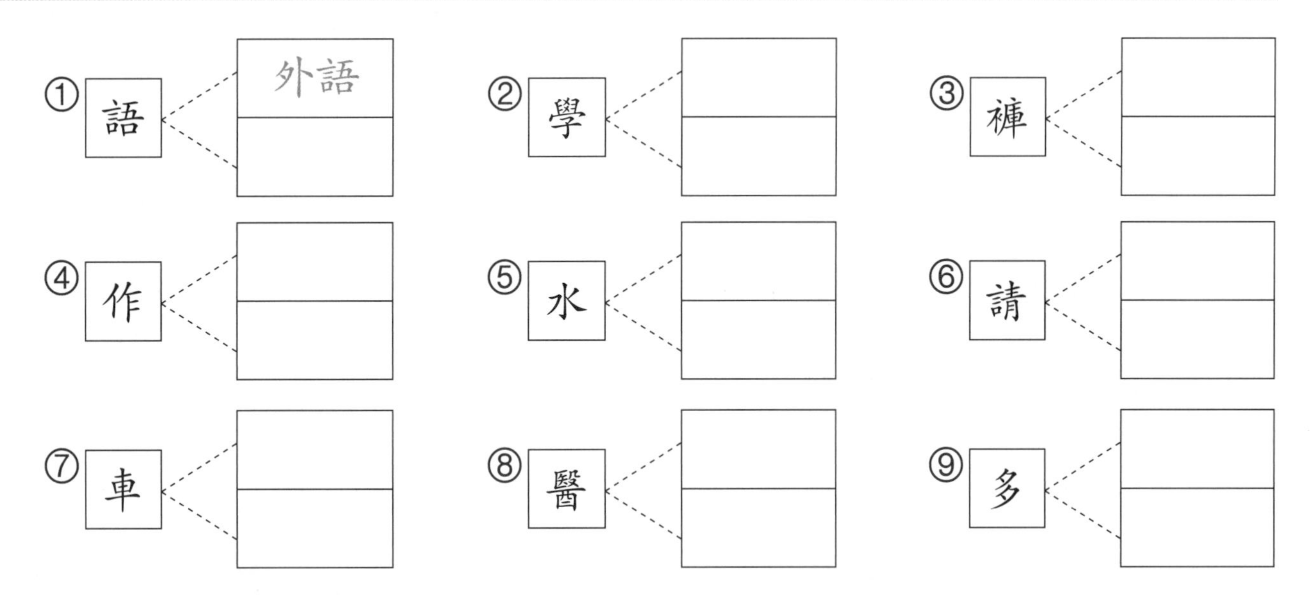

14 寫偏旁部首

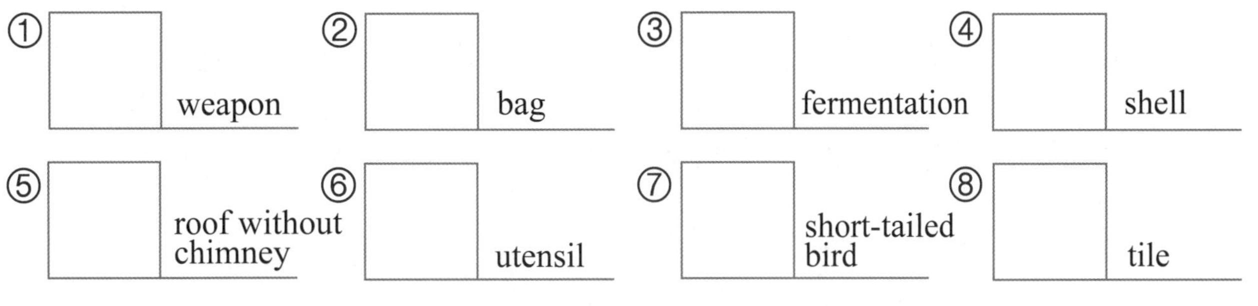

15 填色

① 

她穿綠色的襯衫、棕色的毛衣和紫色的裙子。

②

他穿白色的襯衫、藍色的毛衣和黑色的褲子。

③ 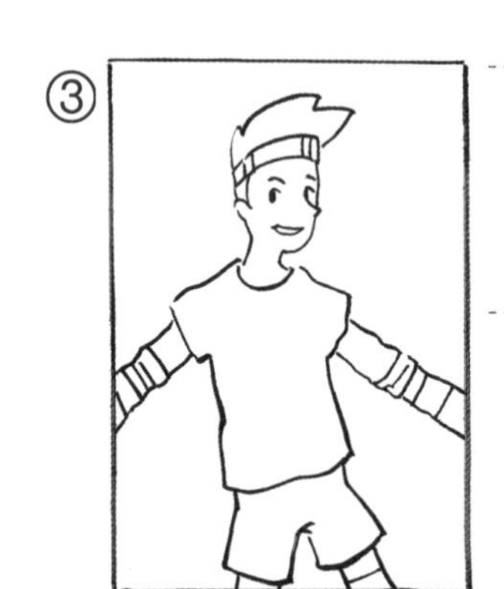

他穿橙色的T恤衫和棕色的短褲。

④

她穿粉色的連衣裙和白色的毛衣。

16 配對

□ 1) 你們學校的學生穿校服嗎？	a) 褲子。我不喜歡穿裙子。
□ 2) 女生穿什麼校服？	b) 紫色和粉色。
□ 3) 你喜歡穿什麼衣服？	c) 下午三點二十。
□ 4) 你喜歡什麼顏色？	d) 穿，但是我不喜歡穿校服。
□ 5) 你每天怎麼上學？	e) 我先吃點兒零食，然後做作業。
□ 6) 你們每天幾點放學？	f) 對，我每天都上網。
□ 7) 到家以後，你一般做什麼？	g) 白襯衫和藍裙子。
□ 8) 你每天都上網嗎？	h) 爸爸開車送我上學。

17 閱讀理解

A 李放是香港人，但是她在上海出生、長大。她會説英語、漢語和一點兒日語。她是律師，經常出差。她喜歡穿連衣裙，不喜歡穿褲子。

回答問題：

1) 李放會説什麼語言？

2) 她不喜歡穿什麼衣服？

B 王英是中國人。她是醫生，在一家醫院工作。她工作很忙。她喜歡穿襯衫和褲子，不喜歡穿裙子。她喜歡紅色。

1) 王英是哪國人？

2) 她做什麼工作？

3) 她喜歡穿什麼衣服？

C 田小紅是北京人。她長得高高的、瘦瘦的。她的頭髮長長的。她是大學生，今年上大學三年級。她喜歡穿裙子。她喜歡粉色。

1) 田小紅長什麼樣？

2) 她喜歡穿什麼衣服？

3) 她喜歡什麼顏色？

D 謝理生是廣州人。他是酒店的經理。他每天都很忙，星期六、星期天也工作。他每天都穿襯衫、長褲上班。他喜歡藍色。

1) 謝理生做什麼工作？

2) 他每天穿什麼衣服上班？

18 造句

1) 每個人　很多：

2) 穿　上班：

3) 有　等等：

4) 喜歡　校服：

19 看圖寫短文

1) 爸爸喜歡穿襯衫。

2)

3)

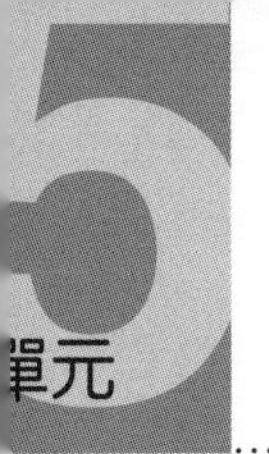

第十五課　我的課外活動

課文 1

1 抄生詞

kèwài huódòng extra-curricular activity	課	外	活	動						
huà huàr draw a picture; paint a painting	畫	畫	兒							
tiàowǔ dance	跳	舞								
yóuyǒng swim	游	泳								
dǎ wǎngqiú play tennis	打	網	球							
dǎ bīngqiú play ice hockey	打	冰	球							
huábīng ice-skating	滑	冰								
tài quite; too	太									
zhōumò weekend	週	末								

2 就所給偏旁部首寫出漢字及意思

1) 言：______ ____________

2) 斤：______ ____________

3) 八：______ ____________

4) 卜：______ ____________

5) 氵：______ ____________

6) 王：______ ____________

7) 足：______ ____________

8) 夕：______ ____________

3 看圖寫句子

①

他很喜歡看書。
他每天都看書。

②

你可以用

a) 我今年做很多課外活動。

b) 我週末也有活動。

c) 我去學校打網球。

d) 我不太喜歡游泳。

e) 我每天都打冰球。

f) 我很喜歡畫畫兒。

g) 我每個週末都去滑冰。

h) 晚飯以後，我開始做作業。

③

④

⑤

⑥

⑦

4 寫反義詞

1) 放學→ ______ 2) 後→ ______ 3) 下午→ ______ 4) 去→ ______

5) 晚上→ ______ 6) 上→ ______ 7) 睡覺→ ______ 8) 那→ ______

9) 以後→ ______ 10) 短→ ______ 11) 出→ ______ 12) 胖→ ______

5 翻譯

① 他不太喜歡打冰球。

② 奶奶不太會説英語。

③ 我爸爸長得不太高。

④ 我不太想參加他的生日會。

⑤ 媽媽工作不太忙。

⑥ 姐姐的頭髮不太長。

6 看圖寫句子

①

她先看一會兒書，
然後去跳舞。

②

③
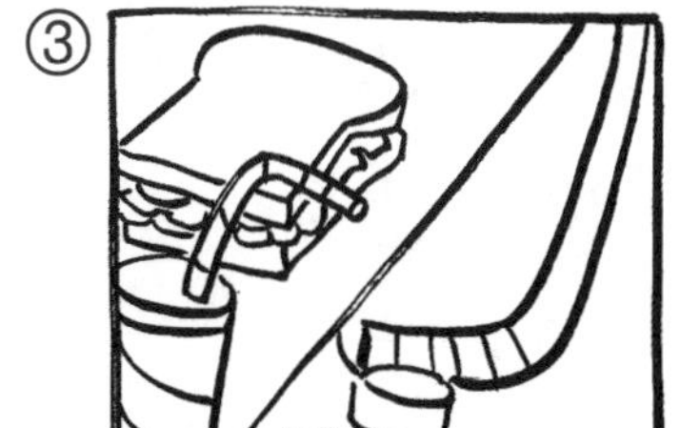

④

⑤

⑥
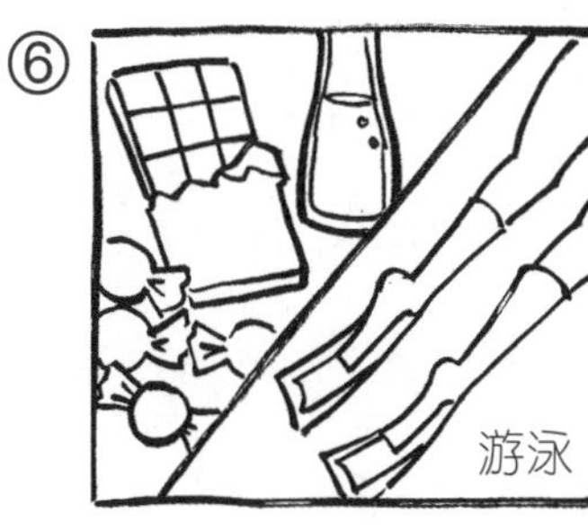

7 根據實際情況填表

日期	课外活动和时间
星期一	打網球 12:00 - 13:00;
星期二	
星期三	
星期四	
星期五	
星期六	
星期日	

8 閱讀理解

A　我叫天喜。我今年做很多課外活動。我星期一放學以後畫畫兒，星期三下午五點有網球課，星期五下午有游泳課，星期六上午有滑冰課。我很喜歡游泳和滑冰，但是不太喜歡畫畫兒。

回答問題：

1) 天喜哪天畫畫兒？

2) 星期三他有什麼活動？

3) 他週末有活動嗎？有什麼活動？

B　我叫王冰。從星期一到星期五我有很多作業，沒有課外活動。週末我做很多課外活動。我星期六上午跳舞，下午打冰球。我星期天上午游泳，下午有漢語課。

1) 從星期一到星期五王冰有課外活動嗎？

2) 她什麼時候做課外活動？

3) 她什麼時候打冰球 ？

課文 2

9 抄生詞

zhōngwén Chinese (written) language	中	文								
yīngwén English (written) language	英	文								
hǎo suggest a large number or a long time	好									
àihào hobby	愛	好								
tán gāngqín play the piano	彈	鋼	琴							
gāngqín kè piano lesson	鋼	琴	課							
tīng listen	聽									
yīnyuè music	音	樂								
yùndòng sports	運	動								
pǎobù run; jog	跑	步								
tī zúqiú play football	踢	足	球							
yìbiān... yìbiān... two actions taking place at the same time	一	邊	……	一	邊	……				
yǒushíhou sometimes	有	時	候							

10 看圖寫句子

11 組詞

12 造句

1) 放學　看書：

2) 晚飯　畫畫兒：

3) 午飯　打網球：

4) 到家　上網：

5) 起牀　看電視：

6) 早飯　游泳：

13 用所給詞語填空

跳　打　游　彈　跑　聽　滑　畫　看　上　穿　做　睡　喝　開

1) ____ 覺　2) ____ 畫兒　3) ____ 網球　4) ____ 校服　5) ____ 書

6) ____ 舞　7) ____ 鋼琴　8) ____ 音樂　9) ____ 作業　10) ____ 步

11) ____ 學　12) ____ 生日會　13) ____ 水　14) ____ 泳　15) ____ 冰

14 完成句子

1) 我週末做很多課外活動，有 ____________________

2) 我喜歡一邊 ____________________

3) 星期天我們一家人有時候 ____________________

4) 我在一所 ____________________

5) 我從五歲開始 ____________________

15 就劃線部分提問

1) 我叫王放。（什麼）→ ____________

2) 我今年十三歲。（多大）→ ____________

3) 我今年上八年級。（幾）→ ____________

4) 我家有爸爸、媽媽和我。（誰）→ ____________

5) 我是中國人。（哪國人）→ ____________

6) 我叔叔住在北京。（哪兒）→ ____________

7) 我的手機號碼是 95880673。（多少）→ ____________

8) 我每天都坐校車上學。（怎麼）→ ____________

9) 我哥哥長得高高的。（什麼樣）→ ____________

10) 我們星期六下午兩點見。（什麼時候）→ ____________

16 閱讀理解

王學文的課外活動時間表

日期	時間	課外活動
星期一	15:30 - 16:30	踢足球
星期二	17:00 - 18:00	鋼琴課
星期四	16:00 - 17:00	中文課
星期五	16:30 - 18:00	打網球
星期日	10:00 - 11:00	打冰球

回答問題：

1) 王學文星期一有什麼活動？

2) 她哪天有鋼琴課？

3) 她幾點上中文課？

4) 她星期五什麼時候打網球？

5) 她哪天打冰球？幾點開始？

17 用所給詞語填空

冰球	汽水	足球	零食	音樂	電視	生日會
飯店	飛機	漢語	作業	鋼琴	英語	牛仔褲

1) 吃 ______ 2) 開 ______ 3) 打 ______ 4) 踢 ______

5) 喝 ______ 6) 看 ______ 7) 聽 ______ 8) 坐 ______

9) 彈 ______ 10) 教 ______ 11) 做 ______ 12) 説 ______

13) 穿 ______ 14) 去 ______

18 翻譯

① 我喜歡一邊聽音樂一邊看書。

② She likes listening to music while jogging.

③ 他有時候畫畫兒。

④ She sometimes goes on business trips to Beijing.

⑤ 她不太喜歡運動。

⑥ He does not like skating very much.

⑦ 在學校，我有好多朋友。

⑧ My younger sister has many skirts.

19 閱讀理解

A 美文有很多愛好。她喜歡運動，還喜歡聽音樂。她經常一邊聽音樂一邊畫畫兒。她每個星期二、四下午都去跑步。她經常和朋友去滑冰、打網球。她還很喜歡看書。她週末從早到晚看書。她每天都很忙，但是很快樂。

回答問題：

1) 美文經常一邊聽音樂一邊做什麼？

2) 她哪天跑步？

3) 她喜歡做什麼運動？

4) 她喜歡看書嗎？

B 馬天明喜歡運動。他從五歲開始踢足球。他星期一下午踢足球，星期三下午打網球，星期五下午游泳。星期二放學以後他有鋼琴課，但是他不太喜歡彈鋼琴。

1) 馬天明從幾歲開始踢足球？

2) 他哪天打網球？

3) 他星期幾有鋼琴課？

4) 他喜歡彈鋼琴嗎？

20 寫短文

Write about your hobbies. You should include:

- what hobbies you have
- when you started these hobbies
- which one is your favourite hobby
- when and where you do your activities

你可以用

a) 一邊……一邊……

b) 從……到……

c) 先……，然後……

d) 一會兒　有時候　太　以後　喜歡　開始

第五單元 複 習

第十三課

課文 1 牀 起牀 早飯 午飯 晚飯 開始 課 上課 放學 作業
做作業 睡覺

課文 2 從……到…… 零食 看 書 看書 電視 看電視 上網 以後
刷牙

第十四課

課文 1 男生 女生 顏色 白色 紅色 藍色 黃色 喜歡 校服 穿
襯衫 褲子 裙子 她們

課文 2 黑色 綠色 橙色 棕色 粉色 紫色 衣服 毛衣 長褲 短褲
T 恤衫 牛仔褲 連衣裙 等等

第十五課

課文 1 活動 課外活動 畫 畫兒 畫畫兒 跳舞 游泳 打 網球
打網球 冰球 打冰球 滑冰 太 週末

課文 2 中文 英文 好 愛好 彈 鋼琴 彈鋼琴 鋼琴課 聽 音樂
運動 跑步 踢 足球 踢足球 一邊……一邊…… 有時候

偏旁部首： 止 匚 斤 厶 八 卜 舌 革
戈 皿 酉 勹 貝 冖 隹 瓦
寸 廴 缶 田 子 工 儿 魚

句型：

1) 我先看一會兒電視，然後看書。

2) 晚飯以後，我先看一會兒電視，然後看書。

3) 到家以後，我先吃點兒零食，然後做作業。

4) 她的連衣裙有長的，也有短的。

5) 我爸爸有很多襯衫，有黑色的、綠色的、橙色的等等。

問答：

1) 你一般早上幾點起牀？　六點半。

2) 你每天都吃早飯嗎？　我每天都吃。

3) 你們早上幾點開始上課？　八點一刻。

4) 你一般幾點吃午飯？　十二點半。

5) 你們下午幾點放學？　三點二十。

6) 你們家一般幾點吃晚飯？　七點。

7) 你晚上幾點開始做作業？　八點。

8) 你幾點睡覺？　九點半。

9) 你們學校的學生穿校服嗎？　穿。我每天都穿校服上學。你呢？

10) 你們學校的男生穿什麼校服？　男生穿白襯衫和藍褲子。

11) 你喜歡你們的校服嗎？　不喜歡。我不喜歡校服的顏色。

12) 你今年做什麼課外活動？　我畫畫兒、跳舞，還游泳。

13) 你週末有活動嗎？　没有活動。

14) 你喜歡滑冰嗎？　我不太喜歡滑冰。

第五單元 測驗

1 寫偏旁部首

① ___ stop
② ___ private
③ ___ build
④ ___ tile
⑤ ___ utensil
⑥ ___ jar
⑦ ___ shell
⑧ ___ child
⑨ ___ axe
⑩ ___ leather
⑪ ___ fermentation
⑫ ___ tongue

2 用所給詞語填空

跳 打 聽 滑 上 踢 游 做 畫 彈 看 跑

1) ____ 畫兒　2) ____ 舞　3) ____ 泳　4) ____ 網球

5) ____ 電視　6) ____ 冰　7) ____ 網　8) ____ 鋼琴

9) ____ 音樂　10) ____ 步　11) ____ 足球　12) ____ 作業

3 連詞成句

1) 放學／弟弟／三點半／下午／。→ ____________

2) 八點／看書／她／每天／開始／晚上／。→ ____________

3) 穿／男生／白襯衫／藍褲子／和／。→ ____________

4) 上學／都／每天／校服／穿／姐姐／。→ ____________

5) 妹妹／太／喜歡／不／運動／。→ ____________

6) 有時候／在家／週末／我／看書／。→ ____________

4 完成對話

1) A: 你每天早上幾點起牀？
   B: ______________________

2) A: 你每天都穿校服上學嗎？
   B: ______________________

3) A: 你今年做什麼課外活動？
   B: ______________________

4) A: ______________________
   B: 晚飯以後，我一般會上一會兒網。

5) A: ______________________
   B: 我不太喜歡校服的顏色。

6) A: ______________________
   B: 男生穿白襯衫和藍褲子。

5 寫出帶點字的意思

1) 我們每天早上八點**開**始上課。(   )
2) 我週末在家**開**生日會。(   )
3) 我**有**一個姐姐和一個妹妹。(   )
4) 媽媽有很多裙子，**有**黑色的、粉色的、白色的等等。(   )
5) 我有很多愛**好**：游泳、打冰球、踢足球等等。(   )
6) 他有三個**好**朋友，他們今年都十二歲。(   )

6 配對

- ☐ 1) 妹妹喜歡一邊聽音樂
- ☐ 2) 從星期一到星期五，
- ☐ 3) 週末我們一家人
- ☐ 4) 爸爸有很多襯衫，
- ☐ 5) 你們星期六下午
- ☐ 6) 每天下午到家以後，

a) 三點來我家，好嗎？
b) 他都先看一會兒電視。
c) 一邊看書。
d) 他媽媽早上八點半去上班。
e) 有藍色的、白色的、黃色的等等。
f) 經常去打網球。

7 找同類詞語填空

1) 早飯 ________ ________

2) 起牀 ________ ________

3) 橙色 ________ ________

4) 長褲 ________ ________

5) 滑冰 ________ ________

6) 老師 ________ ________

8 寫反義詞

後	黑	男
長	教	下班
接	矮	這
去	早	胖

1) 上班→　2) 白→　3) 送→

4) 短→　5) 高→　6) 前→

7) 女→　8) 來→　9) 那→

10) 學→　11) 晚→　12) 瘦→

9 閱讀理解

田樂每天都很忙。他早上六點半起牀，七點坐校車上學。他中午十二點半吃午飯，下午三點四十放學。

田樂有很多愛好。他喜歡踢足球、打網球和游泳。他還喜歡彈鋼琴。田樂每天放學以後都有活動：週一、週三踢足球，週二打網球，週四有鋼琴課，週五游泳。

田樂每天都有作業。從七點到九點，他做作業。他一般晚上十點半睡覺。睡覺以前，他還會上一會兒網，看一會兒書。

回答問題：

1) 田樂是學生嗎？

2) 他喜歡什麼運動？

3) 他星期幾踢足球？

4) 他哪天有鋼琴課？

5) 他晚上從幾點開始做作業？

6) 睡覺以前，他會做什麼？

10 造句

1) 從……到……：

2) 一邊……一邊……：

3) 先……，然後……：

4) 有時候：

11 翻譯

① 起牀以後，我一般先吃早飯。

② He normally does his homework after dinner.

③ 我有很多牛仔褲，有黑的，也有藍的。

④ I have many skirts, some are long and some are short.

⑤ 我不太喜歡看電視。

⑥ I do not like jogging very much.

12 寫短文

Write about your daily routine. You should include:

- your name, age, grade and nationality
- your daily routine on weekdays
- how much time you spend on your homework every day
- what activities you do this year
- what activities you like / dislike

詞彙表

生詞	拼音	意思	課號
A			
阿	ā	a prefix	4
阿姨	ā yí	aunt; a form of address for any woman of mother's generation	4
矮	ǎi	short (of stature)	6
愛	ài	love	15
愛好	ài hào	hobby	15
B			
八	bā	eight	1
八日	bā rì	the 8th day of a month	2
爸(爸)	bà ba	dad; father	5
吧	ba	a particle	11
吧	ba	a particle	12
巴	ba	a suffix	6
白	bái	white	14
白色	bái sè	white	14
百	bǎi	hundred	1
班	bān	shift	8
半	bàn	half	3
北京	běi jīng	Beijing	8
鼻	bí	nose	6
鼻子	bí zi	nose	6
冰	bīng	ice	15
冰球	bīng qiú	ice hockey	15
不	bù	no; not	4
不客氣	bú kè qi	you're welcome	12
步	bù	step	15
C			
參	cān	join	12
參加	cān jiā	take part in; join in	12
差	chà	fall short of	3
差	chāi	send on an errand	8
長	cháng	long	6
長褲	cháng kù	trousers	14
常	cháng	often	8
車	chē	vehicle	10
襯	chèn	liner	14
襯衫	chèn shān	shirt	14
橙	chéng	orange	14
橙色	chéng sè	orange	14
吃	chī	eat	12
出	chū	go or come out	2
出差	chū chāi	go on a business trip	8
出生	chū shēng	be born	2
出租	chū zū	rent out	10
出租車	chū zū chē	taxi	10
穿	chuān	wear	14
船	chuán	boat	10
牀	chuáng	bed	13
從	cóng	from	13
從……到……	cóng... dào...	from... to...	13
D			
打	dǎ	play	15
打冰球	dǎ bīng qiú	play ice hockey	15
打網球	dǎ wǎng qiú	play tennis	15
大	dà	(of) age	4
大	dà	big; large	5
大	dà	eldest	6
大弟弟	dà dì di	eldest younger brother	6
大理路	dà lǐ lù	a street name	11
大學	dà xué	university	5
大學生	dà xué shēng	university student	5
但	dàn	but	7
但是	dàn shì	but	7
到	dào	arrive; to	12
道	dào	road	11
德國	dé guó	Germany	7
德國人	dé guó rén	German (people)	7
德語	dé yǔ	German (language)	8
的	de	's; of	1
得	de	a particle	6
等	děng	wait	12
等	děng	etc.	14
等等	děng děng	etc.	14
等(一)等	děng yi děng	wait a minute	12
地	dì	land; ground	10
地鐵	dì tiě	subway	10
弟(弟)	dì di	younger brother	5
點	diǎn	o'clock	3
電	diàn	electricity	10
電車	diàn chē	tram	10
電話	diàn huà	telephone	11
電話號碼	diàn huà hào mǎ	telephone number	11
電視	diàn shì	television	13
店	diàn	shop; store	9
動	dòng	move	15
都	dōu	both; all	4
獨	dú	only	7
獨生女	dú shēng nǚ	only daughter	7
獨生子	dú shēng zǐ	only son	7
短	duǎn	short (in length)	6
短褲	duǎn kù	shorts	14
對	duì	correct	7
對不起	duì bu qǐ	I'm sorry; excuse me	12
多	duō	used in questions to indicate degree or extent	4

生詞	拼音	意思	課號
多	duō	many; much	11
多大	duō dà	how old	4
多少	duō shao	how many; how much	11
E			
俄羅斯	é luó sī	Russia	7
俄羅斯人	é luó sī rén	Russian (people)	7
俄語	é yǔ	Russian (language)	8
兒	ér	a suffix	7
耳	ěr	ear	6
耳朵	ěr duo	ear	6
二	èr	two	1
F			
法國	fǎ guó	France	7
法國人	fǎ guó rén	French (people)	7
法語	fǎ yǔ	French (language)	8
髮	fà	hair	6
飯	fàn	meal	9
飯店	fàn diàn	restaurant	9
放	fàng	let out	13
放學	fàng xué	school is over	13
飛	fēi	fly	10
飛機	fēi jī	plane	10
分	fēn	minute	3
粉	fěn	pink	14
粉色	fěn sè	pink	14
服	fú	serve	9
服	fú	clothes	14
服務	fú wù	service	9
服務員	fú wù yuán	waiter; waitress	9
婦	fù	woman	8
G			
鋼	gāng	steel	15
鋼琴	gāng qín	piano	15
鋼琴課	gāng qín kè	piano lesson	15
高	gāo	tall; high	6
哥(哥)	gē ge	elder brother	5
個	gè	a measure word	1
跟	gēn	with	8
工	gōng	work	8
工作	gōng zuò	work	8
公	gōng	an elderly man	7
公	gōng	public	9
公共	gōng gòng	public	10
公共汽車	gōng gòng qì chē	public bus	10
公司	gōng sī	company	9
共	gòng	common	10
廣州	guǎng zhōu	Guangzhou	10
國	guó	country	7
果	guǒ	fruit	12

生詞	拼音	意思	課號
H			
還	hái	also; in addition	5
還	hái	still	6
還沒	hái méi	not yet	6
漢	hàn	Han Nationality	8
漢語	hàn yǔ	Chinese (language)	8
行	háng	firm	9
好	hǎo	good	1
好	hǎo	used to show politeness	4
好	hǎo	OK	11
好	hǎo	used before an adjective or a numeral indicator to suggest a large number or a long time	15
好	hào	be fond of	15
號	hào	date of a month	2
號	hào	ordinal number	11
號碼	hào mǎ	number	11
喝	hē	drink	12
和	hé	and	5
黑	hēi	black	14
黑色	hēi sè	black	14
很	hěn	very	6
紅	hóng	red	14
紅色	hóng sè	red	14
後	hòu	after	10
候	hòu	time; season	11
滑	huá	slide	15
滑冰	huá bīng	ice-skating	15
畫	huà	draw; paint	15
畫(兒)	huàr	drawing; painting	15
畫畫兒	huà huàr	draw a picture; paint a painting	15
話	huà	word; talk	11
歡	huān	happy	14
黃	huáng	yellow	14
黃色	huáng sè	yellow	14
回	huí	return	11
回家	huí jiā	go or come home	11
會	huì	can	8
會	huì	will	12
會	huì	meeting; party	12
會兒	huìr	moment	11
活	huó	active; lively	15
活動	huó dòng	activity	15
火	huǒ	fire	10
火車	huǒ chē	train	10
J			
機	jī	machine	10
級	jí	grade	4
幾	jǐ	how many	2
加	jiā	add	12
家	jiā	family; home	5

生詞	拼音	意思	課號
家	jiā	a measure word	7
家	jiā	expert	9
家庭	jiā tíng	family	8
家庭主婦	jiā tíng zhǔ fù	housewife	8
見	jiàn	meet with	3
教	jiāo	teach	9
叫	jiào	name; call	4
叫	jiào	call	12
覺	jiào	sleep	13
接	jiē	meet	11
姐(姐)	jiě jie	elder sister	5
姐妹	jiě mèi	sisters	5
今	jīn	today	2
今年	jīn nián	this year	4
今天	jīn tiān	today	2
進	jìn	enter	12
經	jīng	constant	8
經	jīng	manage	9
經常	jīng cháng	often	8
經理	jīng lǐ	manager	9
睛	jīng	eyeball	6
九	jiǔ	nine	1
九月	jiǔ yuè	September	2
酒	jiǔ	alcohol	9
酒店	jiǔ diàn	hotel; restaurant	9
K			
開	kāi	drive	10
開	kāi	hold	12
開	kāi	start	13
開車	kāi chē	drive	10
開始	kāi shǐ	start	13
看	kàn	read; watch	13
看電視	kàn diàn shì	watch TV	13
看書	kàn shū	read a book	13
可	kě	can; may	11
可以	kě yǐ	can; may	11
刻	kè	quarter (of an hour)	3
課	kè	lesson; class	13
課外	kè wài	outside class	15
課外活動	kè wài huó dòng	extra-curricular activity	15
口	kǒu	a measure word	5
褲	kù	trousers	14
褲子	kù zi	trousers	14
快	kuài	happy	2
快樂	kuài lè	happy	2
L			
來	lái	come	11
藍	lán	blue	14
藍色	lán sè	blue	14
老	lǎo	a prefix	8
老師	lǎo shī	teacher	8
樂	lè	happy	2
了	le	a particle	3
李	lǐ	a surname	4
李大年	lǐ dà nián	a full name	4
理	lǐ	manage	9
連	lián	link	14
連衣裙	lián yī qún	dress	14
臉	liǎn	face	6
兩	liǎng	two	3
零	líng	zero	3
零	líng	bits and pieces	13
零食	líng shí	snacks	13
六	liù	six	1
路	lù	road; street	10
律	lǜ	law	9
律師	lǜ shī	lawyer	9
律師行	lǜ shī háng	law firm	9
綠	lǜ	green	14
綠色	lǜ sè	green	14
M			
媽(媽)	mā ma	mum; mother	5
馬	mǎ	a surname	4
馬天樂	mǎ tiān lè	a full name	4
碼	mǎ	number	11
嗎	ma	a particle	4
忙	máng	busy	8
毛	máo	wool	14
毛衣	máo yī	sweater	14
沒	méi	not have	5
沒關係	méi guān xi	it doesn't matter; never mind	12
沒有	méi yǒu	not have	5
每	měi	every	7
每天	měi tiān	every day	7
美國	měi guó	United States of America	7
美國人	měi guó rén	American (people)	7
妹(妹)	mèi mei	younger sister	5
們	men	a suffix	3
秘	mì	secret	9
秘書	mì shū	secretary	9
名	míng	name	4
名字	míng zi	name	4
明	míng	next	2
明天	míng tiān	tomorrow	2
末	mò	end	15
N			
哪	nǎ	which; what	7
哪國人	nǎ guó rén	what nationality	7
哪兒	nǎr	where	7
那	nà	that	5
奶奶	nǎi nai	father's mother	7
男	nán	male	14

生詞	拼音	意思	課號
男生	nán shēng	boy student	14
呢	ne	a particle	4
能	néng	can; may	12
你	nǐ	you	1
你們	nǐ men	you (plural)	4
年	nián	year	2
年級	nián jí	grade	4
您	nín	you (respectfully)	4
牛	niú	cow	14
牛仔	niú zǎi	cowboy	14
牛仔褲	niú zǎi kù	jeans	14
女	nǚ	daughter	7
女	nǚ	female	14
女生	nǚ shēng	girl student	14
		P	
胖	pàng	fat; plump	6
跑	pǎo	run	15
跑步	pǎo bù	run; jog	15
朋	péng	friend	1
朋友	péng you	friend	1
婆	pó	an elderly woman	7
		Q	
七	qī	seven	1
期	qī	a period of time	2
起	qǐ	get up	13
起牀	qǐ chuáng	get out of bed	13
汽	qì	gas; steam	10
汽車	qì chē	motor car	10
汽水	qì shuǐ	fizzy drinks	12
千	qiān	thousand	1
前	qián	before	12
琴	qín	a general name for certain musical instruments	15
請	qǐng	please	12
請	qǐng	invite	12
請問	qǐng wèn	excuse me; may I ask	12
球	qiú	ball	15
去	qù	go	8
裙	qún	skirt	14
裙子	qún zi	skirt	14
		R	
然後	rán hòu	then	10
人	rén	person	5
日	rì	day	2
日本	rì běn	Japan	7
日本人	rì běn rén	Japanese (people)	7
日語	rì yǔ	Japanese (language)	8
		S	
三	sān	three	1
色	sè	colour	14
衫	shān	top (clothes)	14

生詞	拼音	意思	課號
商	shāng	business	9
商人	shāng rén	businessman	9
上	shàng	previous	3
上	shàng	begin work or study at a fixed time	4
上	shàng	go	13
上	shang	a suffix	3
上班	shàng bān	go to work	8
上海	shàng hǎi	Shanghai	8
上課	shàng kè	attend a class	13
上網	shàng wǎng	go on the Internet	13
上午	shàng wǔ	morning	3
上學	shàng xué	attend school; go to school	6
少	shǎo	few; little	11
誰	shéi	who; whom	5
什麼	shén me	what	4
生	shēng	be born	2
生	shēng	student	5
生日	shēng rì	birthday	2
生日會	shēng rì huì	birthday party	12
師	shī	teacher	8
師	shī	someone having a specialized knowledge or skill	9
十	shí	ten	1
時	shí	time	11
時候	shí hou	time	11
食	shí	food	13
始	shǐ	start	13
視	shì	look; view	13
是	shì	be	1
室	shì	room	11
手	shǒu	hand	11
手機	shǒu jī	mobile phone	11
瘦	shòu	thin; slim	6
書	shū	document	9
書	shū	book	13
叔（叔）	shū shu	uncle; a form of address for any man of father's generation	12
刷	shuā	brush	13
刷牙	shuā yá	brush teeth	13
水	shuǐ	water	12
水果	shuǐ guǒ	fruit	12
睡	shuì	sleep	13
睡覺	shuì jiào	sleep	13
説	shuō	speak	8
司	sī	operate; manage	9
四	sì	four	1
送	sòng	see someone off	11
歲	suì	year (of age); a measure word	4
所	suǒ	a measure word	9

生詞	拼音	意思	課號
T			
他	tā	he; him	5
他們	tā men	they; them	7
她	tā	she; her	5
她們	tā men	they; them	14
太	tài	quite; too	15
彈	tán	play	15
彈鋼琴	tán gāng qín	play the piano	15
踢	tī	kick	15
踢足球	tī zú qiú	play football	15
天	tiān	day	2
田	tián	a surname	4
田阿姨	tián ā yí	Auntie Tian	4
跳	tiào	jump	15
跳舞	tiào wǔ	dance	15
鐵	tiě	iron	10
聽	tīng	listen	15
庭	tíng	hall; front courtyard	8
同	tóng	same	7
同學	tóng xué	schoolmate	7
頭	tóu	head	6
頭髮	tóu fa	hair	6
T恤衫	T xù shān	T-shirt	14
W			
外	wài	related through one's mother's, sister's or daughter's side of the family	7
外	wài	foreign	8
外	wài	outside	15
外公	wài gōng	mother's father	7
外婆	wài pó	mother's mother	7
外語	wài yǔ	foreign language	8
晚	wǎn	evening	3
晚飯	wǎn fàn	dinner	13
晚上	wǎn shang	(in the) evening; (at) night	3
萬	wàn	ten thousand	1
王	wáng	a surname	4
王月	wáng yuè	a full name	4
網	wǎng	Internet	13
網	wǎng	net	15
網球	wǎng qiú	tennis	15
文	wén	(written) language	15
問	wèn	ask	12
我	wǒ	I; me	1
我們	wǒ men	we; us	3
五	wǔ	five	1
午	wǔ	noon	3
午飯	wǔ fàn	lunch	13
舞	wǔ	dance	15
務	wù	be engaged in	9

生詞	拼音	意思	課號
X			
西班牙	xī bān yá	Spain	7
西班牙人	xī bān yá rén	Spanish (people)	7
西班牙語	xī bān yá yǔ	Spanish (language)	8
喜	xǐ	be fond of	14
喜歡	xǐ huan	like	14
下	xià	after	3
下	xià	finish (an activity)	8
下班	xià bān	get off work	8
下午	xià wǔ	afternoon	3
先	xiān	first	10
先……，然後……	xiān..., rán hòu...	first..., then...	10
現	xiàn	present; current	3
現在	xiàn zài	now	3
香港	xiāng gǎng	Hong Kong	10
想	xiǎng	want; would like	12
小	xiǎo	small; little	4
小	xiǎo	youngest	6
小弟弟	xiǎo dì di	youngest younger brother	6
小名	xiǎo míng	nickname	4
小學	xiǎo xué	primary school	5
小學生	xiǎo xué shēng	primary school student	5
校	xiào	school	9
校車	xiào chē	school bus	10
校服	xiào fú	school uniform	14
謝	xiè	thank	2
謝謝	xiè xie	thanks	2
新加坡	xīn jiā pō	Singapore	7
新加坡人	xīn jiā pō rén	Singaporean	7
星	xīng	star	2
星期	xīng qī	week	2
星期日	xīng qī rì	Sunday	2
星月道	xīng yuè dào	a street name	11
行	xíng	be alright	12
兄	xiōng	elder brother	5
兄弟	xiōng dì	brothers	5
兄弟姐妹	xiōng dì jiě mèi	brothers and sisters	5
學	xué	school; study	5
學生	xué shēng	student	5
學校	xué xiào	school	9
Y			
牙	yá	tooth	13
言	yán	speech	8
顏	yán	colour	14
顏色	yán sè	colour	14
眼	yǎn	eye	6
眼睛	yǎn jing	eye	6
樣	yàng	appearance	6
爺爺	yé ye	father's father	7

生詞	拼音	意思	課號
也	yě	also	4
業	yè	school work	13
一	yī	one	1
一百	yì bǎi	a hundred	1
一般	yì bān	usually	10
一半	yí bàn	one half	7
一邊…… 一邊……	yì biān... yì biān...	two actions taking place at the same time	15
(一)點兒	yì diǎnr	a bit; a little; some	8
一會兒	yí huìr	a little while	11
一家人	yì jiā rén	one family	7
一起	yì qǐ	together	7
一千	yì qiān	a thousand	1
一萬	yí wàn	ten thousand	1
衣	yī	clothes	14
衣服	yī fu	clothes	14
醫	yī	doctor (of medicine)	9
醫生	yī shēng	doctor	9
醫院	yī yuàn	hospital	9
姨	yí	aunt	4
以後	yǐ hòu	after	13
以前	yǐ qián	before	12
音	yīn	sound	15
音樂	yīn yuè	music	15
銀	yín	related to money	9
銀行	yín háng	bank	9
銀行家	yín háng jiā	banker	9
英國	yīng guó	Britain	7
英國人	yīng guó rén	British	7
英文	yīng wén	English (written) language	15
英語	yīng yǔ	English (language)	8
泳	yǒng	swim	15
游	yóu	swim	15
游泳	yóu yǒng	swim	15
友	yǒu	friend	1
有	yǒu	have	5
語	yǔ	language	8
語言	yǔ yán	language	8
員	yuán	person engaged in a certain field of activity	9
圓	yuán	round	6
院	yuàn	a public place	9
月	yuè	month	2
樂	yuè	music	15
運	yùn	movement	15
運動	yùn dòng	sports	15
		Z	
仔	zǎi	a young man	14
再	zài	again	4
再見	zài jiàn	goodbye; see you again	4

生詞	拼音	意思	課號
在	zài	indicating time	3
在	zài	in; on; at	7
在	zài	to be in, on or at	7
早	zǎo	morning	3
早飯	zǎo fàn	breakfast	13
早上	zǎo shang	early morning	3
怎麼	zěn me	how	10
長	zhǎng	grow	6
長大	zhǎng dà	grow up	7
這	zhè	this	5
中	zhōng	middle	3
中國	zhōng guó	China	7
中國人	zhōng guó rén	Chinese (people)	7
中文	zhōng wén	Chinese (written) language	15
中午	zhōng wǔ	noon	3
中學	zhōng xué	secondary school	5
中學生	zhōng xué shēng	secondary school student	5
週	zhōu	week	15
週末	zhōu mò	weekend	15
主	zhǔ	host	8
主婦	zhǔ fù	housewife	8
住	zhù	live	7
祝	zhù	wish	2
子	zǐ	son	7
紫	zǐ	purple	14
紫色	zǐ sè	purple	14
字	zì	name	4
子	zi	a suffix	6
棕	zōng	brown	14
棕色	zōng sè	brown	14
走	zǒu	walk	10
走路	zǒu lù	walk	10
租	zū	rent	10
足	zú	foot	15
足球	zú qiú	football	15
嘴	zuǐ	mouth	6
嘴巴	zuǐ ba	mouth	6
昨	zuó	yesterday	2
昨天	zuó tiān	yesterday	2
作	zuò	do	8
作業	zuò yè	homework	13
坐	zuò	travel by	10
坐	zuò	sit	12
做	zuò	do	9
做作業	zuò zuò yè	do homework	13